沙壇城

A Place Where Life Begins

林俊龍 著

「浮羅人文書系」編輯前言

高嘉謙

島嶼，相對於大陸是邊緣或邊陲，這是地理學視野下的認知。但從人文地理和地緣政治而言，島嶼自然可以是中心，一個帶有意義的「地方」（place），或現象學意義上的「場所」（site），展示其存在位置及主體性。從島嶼往外跨足，由近海到遠洋，面向淺灘、海灣、海峽，或礁島、群島、半島，點與點的鏈接，帶我們跨入廣袤和不同的海陸區域、季風地帶。但回看島嶼方位，我們探問的是一種攸關存在、感知、生活的立足點和視點，一種從島嶼外延的追尋。

臺灣孤懸中國大陸南方海角一隅，北邊有琉球、日本，南方則是菲律賓群島。臺灣有漢人與漢文化的播遷、繼承與新創，然而同時作為南島文化圈的一環，臺灣可辨識存在過的南島語就有二十八種之多，在語言學和人類學家眼中，臺灣甚至是南島語族的原鄉。這說明自古早時期，臺灣島的外延意義，不始於大航海時代荷蘭和西班牙的短暫占領，以及明鄭時期接軌日本、中國和東南亞的海上貿易圈，而有更早南島語族的跨海遷徙。這是一種移動的世界觀，在模糊的疆界和邊域裡遷徙、游移。透過歷史的縱深，自我觀照，探索外邊的文化與知識創造，形塑了值得我們重新省思的島嶼精神。

在南島語系裡，馬來—玻里尼西亞語族（Proto-Malayo-Polynesian）稱呼島嶼有一組相近的名稱。馬來語稱pulau，印尼爪哇的巽他族（Sundanese）稱pulo，菲律賓呂宋島使用的他加祿語（Tagalog）也稱pulo，菲律賓的伊洛卡諾語（Ilocano）則稱puro。這些詞彙都可以音譯為中文的「浮羅」一詞。換言之，浮羅人文，等同於島嶼人文，補上了一個南島視點。

以浮羅人文為書系命名，其實另有島鏈，或島線的涵義。在冷戰期間的島鏈（island chain）有其戰略意義，目的在於圍堵或防衛，封鎖社會主義政治和思潮的擴張。諸如屬於第一島鏈的臺灣，就在冷戰氛圍裡接受了美援文化。但從文化意義而言，島鏈作為一種跨海域的島嶼連結，也啟動了地緣知識、區域研究、地方風土的知識體系的建構。在這層意義上，浮羅人文的積極意義，正是從島嶼走向他方，展開知識的連結與播遷。

本書系強調的是海洋視角，從陸地往離岸的遠海，在海洋之間尋找支點，接連另一片陸地，重新扎根再遷徙，走出一個文化與文明世界。這類似早期南島文化的播遷，從島嶼出發，沿航路移動，文化循線交融與生根，視野超越陸地疆界，跨海和越境締造知識的新視野。

高嘉謙，國立臺灣大學中國文學系副教授，著有《遺民、疆界與現代性：漢詩的南方離散與抒情（一八九五—一九四五）》、《國族與歷史的隱喻：近現代武俠傳奇的精神史考察（一八九五—一九四九）》、《馬華文學批評大系：高嘉謙》、《海國詩路：東亞航道與南洋風土》等。

目次

推薦序

活著的鶴會飛走

關於林俊龍的小說《沙壇城》

吳明益（作家、國立東華大學華文系教授）

他們把鳥類圖鑑遞給我看，指著書上的內容篤定地告訴我：「活著的鶴會飛走，睡著的鶴是單腳站立的，只有死掉的鶴才趴在地上。」

——林俊龍，《沙壇城．到遠方》

我第一次接觸馬華文學，應該是李永平老師的〈拉子婦〉。這篇小說看似在寫家庭，寫婆媳，卻又不然。「拉子嬸」是沙勞越華人稱呼當地達雅族人的用語，「我」的三叔為了愛情挑戰了整個宗族，將拉子嬸娶回家，於是發生了一連串的家族緊張。這是因為華人雖然移民到他鄉，但宗族與種族概念仍然是深植，他們被部分當地人敵視，也鄙視當地人。「拉子嬸」這個詞就是帶著輕蔑的意味。

李永平是這樣直戳華人優越主義的：「倘若我不喊拉子，而用另外一個好聽點、友善點的名詞代替它，中國人會感到很彆扭的。」作為家中的成員，「拉子嬸是無聲無息中活著」，這麼說也不準確，實際上是無聲無息地「挨著」。那個看似啟動了一段驚天動地愛情的三叔，最後把拉子婦和她為他生的子女送回部落的長屋，無愧無疚地尋找自己的新愛情。拉子嬸挨夠了，便無聲無息地離開了。

這是一篇「非華人優越主義」的作品，作為移民的華人，在異鄉仍帶著優越感，而不只是為了利益和安全所組構的文化向心力而已。李永平的安靜敘事狠狠地刺痛了我。

俊龍在來到東華的時候，我並不知道他的馬來西亞的背景。我是從課堂他的作品，漸漸了解他的世界，或者說，他想要建立的世界。待在花蓮那幾年裡，我感覺俊龍曾經遇過兩次寫作上的糾結：一是他的閱讀依然是以台灣出版為中心的邏輯，二是他對自己的中文表達曾經產生懷疑。

第一個問題源自於俊龍作為一個外國人（身分是所謂的「僑生」），台灣文壇的認肯機制又是文學獎，而獎項是有國籍限制的。作為一個年輕的作者，在寫作尚未有自己的「內核」的時候往外探求，觀察台灣經典或年輕一輩作品去形塑自己寫作的樣貌是很自然的事。只是這種台灣年輕作家的尋常經驗讓俊龍感到有些不安，究竟什麼是自己想要追求的寫作（無論是題材或是文字風格）？而自己的文字表現會不會太不「台灣」，因此不被此地的讀者（特別是專業讀者——評審）接受？這樣的猶疑和不安，不可避免地出現了。

剛好我的創作課堂，很強調跳脫中文創作圈的生態，在更廣闊的世界尋找跟自己寫作步調較為一致的方式，因此創作課我是以翻譯文學作為主要樣本。在那些對台下學生來說，都一樣陌生的文化描述裡，在那些帶著「翻譯氣息」的中文裡，俊龍漸漸放開了自己題材的選擇與想像。畢竟，我們都可能屬於一個次文學圈子，同時也在另一個文學國界裡被認為是陌生的。

一次討論作品的過程中，我建議俊龍不必去迎合台灣式的中文，用他自己習慣的中文（特別是寫作對話時），甚至是翻譯腔的中文，馬來語、英語混血的中文也無妨。我的想法是，俊龍的身分是他寫作上不可繞道的事實，那麼，不妨就讓這樣的事實，成為他的寫作形象。

這並不是新見解，而是既成的推論。李永平十九歲來到台灣（一九六六），張貴興十八歲（一九七四），黃錦樹則是二十一歲（一九八八），他們大約在大學對知識的渴望最強、語言卻已經很難完全修正的時候來到台灣。他們的小說都從自己的故鄉（而不是台北這個新世界）的風土、物種、人物寫起，文字也保留了一些異地（對台灣讀者來說）的氣息，成為自我風格的特色。這三位作家後來都留在了台灣，當然也有求學後回鄉繼續創作的。俊龍在畢業之前就因為家庭因素兩度休學回到檳城，口試後亦未再回到台灣。雖然未來尚未可知，但目前的俊龍顯然更接近於「短暫客居」台灣的馬華人作家，未來雖然很可能在台灣長期有出版作品，但精神故鄉仍在彼端。這或許是一種第二層次的「寓居他鄉」。

俊龍的祖輩是中國廣東普寧的潮州人，曾祖帶著爺爺南下南洋後定居檳城。曾祖曾是修錶匠，後來開始參與本地的政治活動，甚或當上了勞工黨支部的祕書。五一三事件（一九六九年五月十三日在馬來西亞吉隆坡爆發的大規模種族衝突，主要發生在馬來人與華人之間）後，勞工黨開始式微，就不再參與政治活動了。俊龍的父親成為菜販，但也是一個小村子的村長。這是那一代華人移民的生存模式，用「做生意」來奠定經濟基礎，以從政來扎根。

但俊龍這第一本書裡的敘事，裡頭「他者」的經驗已經和上一輩與上上一輩的馬華作家經驗有了差異，而這差異是漸變的。賭雨和那些村子裡的軼事還有著祖輩的影子，賭馬、足球已經是父輩的生活經驗了，而以電競做為發想的終篇，則是俊龍這輩的現在式。俊龍把這個現在式，和「沙壇城」這樣帶著宗教意味的標題並置，讓那個虛擬的世界，就像法事前築起的小小壇城，既是通往未知的管道，又是緣生緣滅的暫時性存在。對我來說，這就是俊龍有意或無意的處境隱喻。俊龍這輩回望文化資產時的自我詮釋，已然不再是「解經」，而是他們必須要築城的現世。但那個「城」是緣生緣滅的存在，只是掃掉了城之後夢是否還在、記憶是否還在、愛是否還在，或許是俊龍透過作品想跟我們說的。

我這樣的解讀，和俊龍的自我界定並不相同（讀者可以看他自己的後記），只是我作為一個俗世讀者的「說法」（梵文：Dharma-desana）之一而已。

在這本小說集裡，我個人最喜歡的還是沒有太多技巧、太多隱喻的〈第二片屋瓦〉。小說裡的「賭雨」讓我讀來著迷，那是南洋民族因為食物豐富而比荒涼的北方多的一份悠閒，也是氣候與地景的文化產出。「賭」是一種把人性挖掘至底的人類遊戲，賭到最後不只是下不下雨，還要進一步猜中第一滴雨會落在哪一排、哪一片屋瓦上。

這種不科學的賭法，讓賭更讓人沉迷，因為結果不只是經驗、運氣，可能還包括權力以及命定的疏漏。賭贏了與賭輸了，或許在這樣的小鎮裡，最終的命運並沒有什麼不同，但在「那一刻」是不同的、生機勃勃的。這篇小說也彰顯了俊龍寫作的天性與風格，他的作品文藝腔低、敘事平順，卻常常在某些暫停的段落，發出令人沉思的喟嘆。

俊龍曾經在信裡告訴我，他未來有兩個長篇小說的計劃，一是近年的（寫檳城），另一個是十年內會寫的（西域之路）。我因為參加喬治市文學節（George Town Literary Festival, GTLF），和多年未見的俊龍和詩人周天派在檳城相遇。俊龍帶來當地傳統的豆沙餅，天派則陪我走逛海邊的船屋，我們短暫地聊了文學。我在想，對文學創作者來說，任何一個故鄉都像是要永世存在的繁複「沙壇城」，他們會用筆緊緊抓住城的每一個細節、每一段故事，盡全力用「根」來保持著城的「不散」。

我用「漸變」的角度來看俊龍這本初試啼聲的小說集，正因為他告訴我的這兩個寫作計畫，因為這意味著，他正在思考的是城的現世、前世與未來。

他是活著的鶴，「活著的鶴會飛走」，但會留下牠們睡著時單腳站立的腳印，我希望您能打開書頁，端詳這個新鮮的、還未石化的，也還沒有被潮水收走的腳印。

推薦序

前方是令人心情舒坦的陽光

柴柏松

如果事先知道，我們寫的故事有可能追上我們，我們會改變寫法嗎？

——《閒談：約翰．伯格的語言筆記》

從我家二樓的房間看下去，毛毛牽著腳踏車要回他住的地方。風透過紗窗撫摸過我的頭髮。樹葉在晃動。對面雞舍的氣息飄進了我住的地方。

前一天我們看了學校圖書館借的《地心引力》，危機解除，史東回到地表，我們吃完的洋芋片包裝在電腦桌上沒有收拾，呼呼大睡醒來已經是隔天。

「你要幫我寫小說的推薦嗎？」收到訊息的時候，我的腦海浮現那天他剛睡醒頭髮很亂的臉。那是幾年前的事了？還有時間可以跟朋友窩在住處看電影的碩班生活，感覺已經好遙遠。毛毛是林俊龍，整個華文文學研究所只有我這樣叫他。

這些年，他總是半年一年會傳來訊息。從不怪我在社交上的被動，講話的方式就好像昨天還穿著我的睡衣一樣，拉拉雜雜交代了他最近的工作，感情，人際關係，還有一些煩惱，生活的塊狀被凝縮在對話框的紀錄上。

有一種友情是這樣的。過得好的時候，互相祝福，過得不好的時候，互相傾訴。就算消失很久，也會被惦記，信任是最好的禮物，回憶依舊保持清爽。

永遠記得第一次看到〈Chelsea Blue〉時的感動。太好看了吧，既魔幻又接地氣，我真的好喜歡。語言也好，故事也好，那流暢的感覺，讓我感覺他一定找到了不得了的寶藏。那句「給牠取了一個光線可以穿透的名字」我要畫底線。

你們一定不知道，很久以前的毛毛，寫出來的小說並不容易讀。也不知道是什麼原因，經常看著看著就出神。看過他鬱鬱寡歡卡在故事寫不出來的模樣，也看過他得意的說下次想把什麼寫成故事但故事卻不見蹤影的模樣。

什麼時候他找到那個不得了的寶藏的？

〈沙壇城〉裡，鬼魂們致力於想起生前的自己：「我當時還覺得我是個模特、飛機師和動物飼育員咧，誰知道後來我清楚自己以後，我竟然只是一名肥胖的家庭主婦。」那些混淆的時刻，讓我覺得遊走在身世的「想起來」與「虛構」之間，其中對生命的確信，就是在寫小說家自己。

看著毛毛騎上腳踏車越來越遠的身影，前方是令人心情舒坦的陽光。

「認真？要一整篇的那種推薦嗎？」我問他。心裡好高興，這本書聽他說好多年了，終於能看到實體。而且這麼重要的第一本書，他為我留了一個位置。「好啊。」答應他的時候，我覺得很尊榮。

毛毛傳來照片，是他做的蒟蒻月餅。紅花黃魚的形狀，口味有桂花、茉莉綠茶、火龍果。我說「好像果凍喔」。他說「啊對，你們叫果凍」。這種不知不覺忘了他是馬來西亞華人，卻又因為一些不經意的小事突然想起來的時刻，正是只有跟他相處時才會有的，獨特的感覺。

這種感覺也會發生在讀他故事的時刻。

可以被很多人疼愛就好了，這本短篇小說集。現在就是它最美好的樣子。我總覺得毛毛還是穿著那件紅色夾克、藍色長褲，在那臺有點破爛的腳踏車上，繼續那追尋故事的漫長征途。

祝福《沙壇城》。

自序
創作並非一條路可走

十四年前，第一次開啟小說之路時，那時寫完的文稿多數是收藏給自己看，感覺就像是躲在自娛自樂的白日夢裡，更沒想過自己寫的故事有天終於要出版了。

曾幾何時我認為自己沒有出色的寫作能力，作為中文系的學生，卻無法在文章中大量運用和展現自己的華麗辭藻，這讓我感到困惑。尤其，每當讀到現當代文學後，乃至於讀到參賽評審遴選出來的得獎作品時，我都有深深的疑惑。難道文學是非得先學會艱澀難懂和華麗用詞才能踏入的領域嗎？就像人們總是調侃藝術之所以為藝術，是因為它抽象看不懂。抱持這種想法，一直到了文大時，選修了何致和老師的小說創作課後，一切想法才開始有所轉變，第一次接觸到海明威〈像白象的山丘〉時的「原來對話還可以這樣寫」的豁然開朗，以及契訶夫〈捉弄〉主角對於感情中留下的遺憾。碩班時，上了明益老師的小說課後，更是閱讀了一系列老師開出的書單。永遠記得第一次讀完艾加・凱磊〈故事形狀的思想〉結尾時的那種震撼：

「就在那個牢房裡面，他形塑了最後一個思想，把絕望做成繩索的形狀，打個圈，吊死了自己。這個把絕望做成絞索的主意在月球上引起了騷動，大家趨之若鶩，紛紛將自己的絕望想法做成繩索，套在脖子上。月球上的人類就這樣滅絕了，只留下寂寞做成的單人牢房，歷經數百年太空風暴，那牢房也塌了。

第一艘太空船抵達月球時，太空人沒找到人，只找到上百萬個坑。起初，太空人以為那些坑是古代月球人的墳墓；湊近了看，才發現全都是空洞的思想。」

八個段落，簡單的文字為單純的故事而服務，沒有太多玄之又玄的情節和炫技，我想我找到了我要的答案：作品要寫得讓人讀得懂，而不能只寫給懂它的人看。一直以來，我只是沒遇到能夠與之共鳴的作品罷了。感歎之餘，我開始摸索自己的創作風格，最喜愛保羅·奧斯特、卡森·麥卡勒斯、喬治·桑德斯、瑪麗·奧斯汀、迪諾·布扎蒂、羅貝托·博拉紐、加西亞·馬奎斯、艾加·凱磊、阿爾多·李奧帕德、契訶夫、村上龍、村上春樹、石黑一雄、小川洋子等。在這些大師的作品基礎上盡可能地吸納他們的優點，再把我對人性思辨的想法融入進我的作品當中，往後也將如是。

談及寫作的根本原因和動機，一開始抱著的就是書寫治療來治癒自己過去不幸的經歷。這本即將出版的《沙壇城》大部分也是如此，是各種痛苦與掙扎，我確信這些捋不清的複雜情感就是創作者該有的本色，文學之所以為文學存在的意義就在那裡。而每當我完成一篇小說後，雖然感到疲勞，但心情卻無比舒暢，彷佛心裡某塊缺失已久的拼圖被填補上了，我想這就像村上春樹說的：「小說家在創作小說的同時，自己的某部分，也被小說創作了」。

這本書，我在二〇一七年初時開始起筆，直到文稿最後階段定名為《沙壇城》時，已經是二〇二一年末。距離完成到即將面世，中間過去了三個年頭。自回到馬來西亞後，從新冠肺炎爆發以來，一切都沒有想像中順利，內心充滿撕裂與痛苦，乃至於完成這本書後，這三年間專注力的消磨（儘管期間不停蒐集素材和記錄冒出的想法），讓我遲遲無法開展新一輪的創作。對我來說，每一次的動筆都是一場專注力集中的冥想。創作不僅需要空間，更需要親近之人的支持與諒解，沒有這些將難以維持寫作的狀態。工作結束後，所剩不多的時間又被生活瑣碎之事瓜分而去，僅剩下的就只有睡前的一個小時，這種時候腦袋多數開始不靈光，能夠作用的就只能拿來思考未來人生要何去何從的事情了。每每想起村上春樹《身為職業小說家》中的內容時，總是避免不了心生艷羨，從而感歎道：「真是一個很有規律的作家呢。」已故的曾珍珍老師曾在我的夢裡說過：「創作不一定只有這條路可走」，不必拘泥於創作的任何形式，所做的任何事，諸如：交談、調酒、掃地、游泳、購物……體驗生活甘苦皆屬於創作的一部分。由於這本書的出版，最近我開始覺察到體內熟悉的某種東西又再次蠢蠢欲動，腦海不停飄出新一本小說後續的部分情節。我想，事不過三說的就是現在，三年的蟄伏還不算浪費，今年該是時候了。

願《沙壇城》成為好的開頭，願我一切安好。

雨樹之下

我駕著車，道路兩旁還是罩著雨樹的林蔭。半個多小時過去，距離曾經住過的村子已經不遠了。自從搬到市區後，就很少再回到村子。車子在太平湖旁的小徑開著，雖然我到過的地方不多，但也未曾見過像這裡充斥著成千棵雨樹生長的地方，如同雨樹之國。它們簇擁一面平靜碧綠的太平湖，像捧著一面長滿青苔的巨大鏡子，彷彿是過去神所遺留的器物，給這片大地增添古意和神祕的氣息。

這份氣息，令我再度回想起今日進村的理由。

村子的年歲比我還大，在村頭的老人口中它有著眾說紛紜各種不同的傳聞。我曾參與過當中的一件，誰曾料想往後的日子我竟不再踏足那座村子。要不是上週的新聞播報，得知村子即將拆遷發展成橡膠園林，或許我不會再回來。說起來奇怪，平日不怎麼打開電視的我，或許是因為老伴早已過世，兒女離家到另一處生活，想在空巢裡弄點不會令人冷清的聲音，大概就是在這種意外下看到了這則報導。有些難以想像，過去所生活的地方最後面目全非的模樣，某某的家就成了橡膠製造工廠，而我住過的家變成四棵橡膠樹……克制不住故地重遊的心情下，放任車子往村子的路上開去。

車子還在行進，雨樹林蔭道裡難得露出了破碎的天空，延綿的山丘背後是陡峭高聳的拉律山。我想起待會車子外，會進入長達二十秒的陰天狀態，天空與遠處的拉律山將被茂密的樹葉填滿視野。擋風玻璃已經戰戰兢兢地預備著被雨水猛烈拍打的心理。本來雨刷和放空的上班族一樣在慢條斯理地做事，頓時迎來一場令它慌亂的暴雨，努力刷走這棵巨大雨樹落下的雨滴。

關於這棵巨大的雨樹，村子裡以前的人都管它叫雨樹王。當大人給小孩們講解時，都說那樹冠是給神遮陽的傘蓋，足夠給五百個人類在其底下遮陽了。小時候總想著，怎麼不叫雨樹神呢？明明是給神遮陽的傘蓋。大人們都會這樣回答小孩的疑問：「因為爺爺時代就叫它雨樹王啊！當然現在就叫雨樹王，難道你以後老了也要被別人改你的名字嗎？」每個村裡的小孩聽完後，都會發出哀怨的聲響。

二十秒後，再次迎來陽光，點點積雲在遠處裝飾著晴空。擋風玻璃上留下雨樹的黃葉和水滴，「很抱歉，前一晚下了雨，讓你這位特地前來的回鄉客淋濕了」，感覺那棵雨樹王是這樣子對我說的。我熄滅了引擎下車，撲面而來的是濃厚潮濕的氣味。

村子入口立著鐵製的牌樓，牌樓上的題字，早已模糊不清，只剩下「甘榜」[1]二字還較為可見，左右的柱子上大部分已經被銹蝕透。我看著柱子上留下的幾塊陳年斑

1 村子，馬來語中 kampung 的音譯。

黃欲落的漆深有感受。幸好過去的事物還沒盡數流逝，即便是一小塊漆，也能令人惆悵起來。一直以來，村子裡的木屋，多以鋅板為蓋，木板為牆建成。回想起多年以前，屋外的午後陽光曬著木板，黴味正處於蒸發之時，只有這股氣味才能佐我在午覺時睡得安穩。

我穿過牌樓，遠放目光，所有木屋的牆板都滋長著黴菌，黑得像木炭，作蓋的鋅板也盡顯棕色的腐銹。儼然這裡已被銹層和黴菌佔據了村人大部分的生活。街道上不見人影，是即將拆除的緣故吧？所有房子的門窗閉上眼、閉上嘴沉睡，它們的形狀像剛被打撈起的寶箱在陽光底下曬著。

我邁開腳步走入村子，我想去看看養父阿雲叔的家。我拐進一條挨著兩間木房子而生的巷子，巷子之間兩家房子的窗戶相互對望著，經過時，一家荒蕪，一家整齊。走出巷子，合著野草滋生的一小塊荒地，野雞遍地走動，左邊結滿著果實的幾棵木瓜樹出現在了眼前。經過一旁的田埂和發綠的小水池，進入另一條巷子口，一根木質的電燈柱方向走出去，差不多就露出阿雲叔的家，童年的我就在這裡度過。因為村子位於山郊，午後和夜晚也算清涼，在常年夏日的國度簡直是避暑的絕佳住處。當時的我，特別喜歡躺在離鐵絲網鋪成的窗子不遠的水泥地上，感受午後落下的陽光熨過我身旁冰冷的水泥地，被子被我惺忪地翻動時，揚起的塵埃，在流光中輕輕散射開來，彷若宇宙的萬千變化就在眼前發生了。就像那日午後，那塊縫滿補丁薄薄的百家被，又涼又暖的蓋在我身上，引導我踏足誰的夢境一樣。夢中所出現的白晝是越來越熱，夜晚也越來越涼，阿雲叔鋸木的聲音最後零落消失了，我知道晨早的陽光不會照射到我的床頭，但天光已熨過我的眼皮之上。我乍開雙眼，身上留著頂蓋鋅板的碎片，我竟把它們誤作成我最愛的薄被子……回過神來，阿雲叔的家已成了殘垣和蔓草的棲息地。

阿雲叔並沒有後代，如果有後代，眼前的木屋才不會變成這樣。是的，要是我沒離開這裡的話。阿雲叔常年在修的鐵門，如今只剩下幾塊銹鐵支與碎片。他老是煩惱鐵門合不攏的問題，有時還會把整道鐵門拆下再裝回去，但其實只是門上的平軸鉸鏈裡的螺塞銹化，致使鐵門傾斜的問題罷了。曾經這道一同出入的門消失了，我已經想念起他晚飯後，總坐在門框旁蹺起二郎腿抽煙的模樣。

我記不清從什麼日子開始，阿雲叔不再蹺著二郎腿；隔壁的八珍姨開始整天哭喪了臉曬她剝下的陳皮；村頭的阿花曾經歡愉的喉頭會不自覺地唱起「鄰家有少女，當窗曬衣裳，喜氣上眉梢，不久要做新娘……」的歌聲，竟轉成了哭嗓子；村尾的阿金伯不再和我打起招呼，也不帶我下他的菜田裡抓蟋蟀……只知道村人曾經鮮紅的肌理血肉夾雜著灰與暗的對白。我想，銹層和黴菌之所以大舉進攻的相關因素，恰恰與五十年前日軍開始抽走眾多有顏色的靈魂那天起，銹，就在每個村人夜半自我療傷時，一不小心被縫補進村人的住所和他們的心了。

我走向村尾，阿金伯的屋子還在，稍許破舊，屋內還傳來小孩嬉笑的聲音，估計是阿金伯的後代仍住在這裡，門上還掛著當年的紅底和墨色楷書「西河」兩字的堂號牌，那張紙都紅到發黃了，右下的木質框邊還損了長長一角，像是被白蟻咀嚼過。阿金伯家的對面，是一個我熟悉的小女孩的家，有點不合理的是，連房子都沒了，一點痕跡不留地消失了。

一位中年女子剛好從阿金伯家裡走了出來，「你要找誰呢？阿伯。」她問。

我皺起眉頭，說「妳家對面以前不是有間木屋嗎？」

「那塊地？」她瞥了一眼說，「以前很小的時候見過爺爺把它燒了，怎麼了嗎？」

我沒回應她，顯然這並不是特意的。我只是驚愕，思索著阿金伯燒掉這間木屋的動機。是銷毀證據嗎？還是另有原因？這樣的結局是他經過深思熟慮後得出的結果？抑或是每晚因愧疚作祟而遭遇噩夢折騰完後，隔天一怒之下放了一把火燒毀的。

我望著那個中年女人。

所以呢？他最後又是以怎樣的心態站在那間屋子前縱火的呢？

誰知道呢？我搖了搖頭。

我仍記得那住在木屋裡女孩的名字，雖然映在腦中的五官與名字已然無法匹配，但依稀知曉她和她的母親相依為命。

離開阿金伯家後，想起了一段不愉快的事，讓我對此次的重遊之旅感到茫然。我開始往回去的路走，最後卻在村尾連接村子中央的分叉路口處，一棵芒果樹旁停下，我想起和阿賢經常來到這裡偷採阿順伯的芒果。沿著過去的線索，阿順伯家後門的巷子左拐出去，就是阿賢他家了。他母親是八珍姨，阿賢的兩個姐姐在日本殖民時期被日軍帶走後，就沒再回來。被帶走的那天，八珍姨都在哭泣，日日跑到鎮上打聽沒有結果的消息。

那時日軍投降撤退後，村裡的人都勸八珍姨別再白費做無用的事。她說，「只要我一天沒死，一定會有她們的消息。而且一定是好的。」然後她又繼續哭。

也許在生時，沒有消息。

死後呢？

或許八珍姨現在和她們相遇了？搞不好真的已經團聚了，也不知道阿賢去陪她們了沒？

我往屋內喊阿賢，結果回應的只有我的聲音。他家裡有些擺設，神龕有關二哥、周倉和關平裱框起的畫像，畫像旁立著小小的祖先牌位，看來阿賢真的去陪八珍姨和他姐姐了。

太陽升得挺高，村子不大，走起來面積其實也不小。我經過村子中央的一家雜貨店，我曾經在這裡喝汽水解渴、下午看老人博弈、晚上成年人圍著賭牌，它也和其他的木屋擺出一樣的沉睡姿態。店前平滑的水泥地空空如也，唯有一隻身形佝僂的老鼠正東張西望，似乎心存不可告人之事，從墻角處至水溝在眨眼間消失不見。

「清子，」我說。

她的母親就跪在了這裡。

那個叫清子的女孩，她母親在日軍撤退後不久來到了村子。她初來村子時，說話的樣子看起來很勉強，似乎字與字之間存在著一座易碎的橋樑，令她不敢放開自己橫跨過去。那時清子還是她手中抱著的嬰孩。大家都問孩子的名字，她都說得囁嚅又含混，手裡抱著的小孩像是要藏起露出的金子。

長大後的清子，村民都在懷疑，都說清子長了個扁額頭、單眼皮、塌鼻樑，像足日本人，聲音像，名字也像。大人排斥清子的母親，同齡的孩子孤立清子，村頭到村尾的閒言閒語時常都往她們倆身上說。她們在村民的鼻子裡，勢必飄出一股令人嫌惡的氣味，例如瓜果腐爛的氣味，否則不會迫使大人們背地裡說著難聽的話。但清子母親一向遇事不發一語，悶聲吞下，在村子一過就十年，就她們母女倆在村裡過得比誰都苦。

這一年，清子已經十歲。她母親在鎮上已找到縫紉的空缺職位，每日來回村與鎮之間，賺點小利養活自己和清子。

清子自己也很沉默，只和母親說話。那時的我不曾與清子接觸或說過一句話。偶爾幫村頭阿花晾衣服時，清子從村外經過阿花家，阿花總會管不住那張多舌的嘴盡情地嘲諷她。清子依然不說話，頭低低的，常常因為這樣，她會一瞥和我對上眼，然後足跡飛快地離開當下，她的背影以及飄動不安的步伐多的是恐懼和難堪，而我都會哀愁地目送著她。

像她一個常被人說閒話的對象，她也不會避諱，常常在村頭出沒，走過牌樓出村而去。有一次，我尾隨在她身後，一隻鳥兒從我頭上飛過，黃色的羽毛、黑色的額紋與翅膀，如一隻雀子穿上華服在盛宴中登場，飛到村外的雨樹王的樹梢上停留。

清子站在雨樹王的樹蔭底下，那裡是湖畔，她望著平靜的太平湖水，綠波浮光的閃耀，突然她使勁大喊，但我已忘了具體她喊出了什麼，只記得聲音比笛子吹出的氣還要薄弱地傳到神明遺落的鏡子上。當然，湖水是不為所動的，一切恢復得挺快，彷彿湖畔從未有過任何事發生，只有幾片雨樹的葉落在湖水之上，然後樹上的雀子就鳴叫起來了。牠開始叫著黃昏裡的夕陽，但並不是「近黃昏」的哀嘆，更像是歡樂的鳴叫，像是說著美好的一天又過去了。清子坐在樹下抬頭尋覓，好像也沒看到，順遂又站起身來。忽然，一陣完美的風吹過，金黃的樹葉飄落如金色的雪，她身上的幾縷黑色長髮在微微飄動，然後風就吹向了我，她就像風一樣的女孩。那一刻，村子在我眼裡充滿了無盡的金黃，合著大地的嫩綠，像一片可豐收的熟成稻浪一樣完美，令農夫想要收割的喜悅。

由於那天的清子實在完美，我開始關注起她。當她行走在村子裡，步伐的輕盈彷彿在清子那身矮兼瘦小的十歲皮囊下藏著豐滿的風。回想起，清子只要在那棵雨樹下，葉就一定會飄落。我忽然就想要和這位神奇的她交朋友，想指著那隻雀子，告訴她，「牠就在那裡！」

於是，我每日黃昏時段去她時常逗留的雨樹王下坐著等待。她似乎知道我刻意在那裡等她，她也沒出現。她好像調換了時間一樣到這棵雨樹下，我心裡想道，「今天依然不見清子的身影，但葉子還在飄零，大概也不例外，清子今天又來喊過了一次吧。」

後來，一連整個月都不見雨樹王落葉。我開始擔心，是不是嚇著了她。可能對她來說，村民都是吃人的可怕野獸吧？她年紀那麼小，一定感到害怕了吧。我不再特意到雨樹王那裡等她，只能假裝碰巧。

起初，她似乎是害怕的。從她的眼神看得出來她保有戒心，她的肢體已經預備得像風一樣準備迅速逃離。我立刻揮起右手，指著樹上小聲驚呼，「快看！那隻鳥！」

她的戒心似乎緩和下來，對著樹上張望，但金黃的雀子像是聽見我的驚呼後，飛離了巢。我展開尷尬的笑容，對她示意，其實我很友善，然後告訴她「妳知道那隻鳥叫什麼名字嗎？」

她搖搖頭。

「其實我也不知道。」我說。

聽後，她笑了，還笑出聲來，但那笑聲微弱得像那天見到的那陣完美的微風一樣，只吹到我的耳輪，含混著一些枝椏婆娑、羽毛般輕輕落下的聲音。她就像那陣完美的風，最後在我身邊消失得無影無蹤。

從那之後，我一直詢問那隻鳥兒的品種名稱。我問過阿雲叔，阿雲叔說他很忙，他還在把門拆下修理著。也問過阿賢，阿賢說他只認得烏鴉、麻雀和鴿子，他覺得是麻雀。我問過八十歲還在種田的阿順伯，阿順伯聽力不靈，他聽不見那種鳥的聲音，眼力也不好使，更不能分辨品種。我問過幾乎村裡的所有人，他們都說沒見過那種必須經由完美的風吹過，才能叫出聲的鳥類。

在我還沒來得及識得那隻鳥，告訴清子關於牠的名稱，村子就在那時發生了大事，清子的母親被推到雜貨店前的空地上。

事隔多年，我已忘了起因為何，只覺得是件非常小的事情，像是誤採了人家的班蘭葉，或只是撞倒了一盆桔子樹……又或是清子母親身上散發出的一股愈演愈烈的臭味，在那天轉化成了使人暴力的氣味，促使村人成為恐怖的野獸。

一九四二年之後的村人所承受的三年零八個月的戰慄生活，就是此次事件發生的最大主因之一，他們於那一刻終於現出野獸的形態撲了上去，撕咬清子和她母親的溫馴。

我還記得村頭的阿花如此咒罵，「日本鬼的種，還有臉生下。如果不是那些日本鬼，阿才才不會沒了！」

阿花才說完，八珍姨吼了一聲。

「對！我的兩個女兒，」她剛要說又哭起來，隨後又接續說「十一年了，仗都打完了，日本都投降了，我的女兒還是沒有消息……」然後又繼續一把鼻涕一把淚哭暈在地上。

阿金伯也接著說，「我的大兒子就是在你跪著的地方被日本鬼用槍托打死的。」他摸摸自己兩邊分別熔成肉塊的雙耳，「他們說我提供食物給馬共，沒有任何證據，寧願殺錯也不放過，和我一起被抓的阿連還被他們灌水……」

村人的話語成了尖牙利器，如同野獸成群擁上，每隻野獸都必須咬上一口。手中撿起的石頭，每塊勢必成了懲罰的刑具，使清子和她的母親的肉體與心靈血肉模糊、橫飛至天外。清子的母親頻頻搖頭流淚，髻也亂了，散髮之中的眼神透出想要解釋的需求，她一邊保護清子一邊慌張地張著嘴，講的話一塊又一塊，沒人聽得清。最後她閉起了眼，任淚直流，咬牙吞忍承擔一切。她身上每一口傷痕，都刻上問罪的符號，猶如罪名為：為什麼要替日本人生下女兒。

事實上，任誰都不清楚她們母女倆的身份由來，村民之間的主觀臆測與不願溝通導致了這起悲劇的發生。目睹的清子不停放聲吶喊，「我媽媽有口吃啦！不會說話！」可是聲音依舊十分薄弱，她奮起力氣推開村民，想透過解釋保護母親。她的手一點都推不動，那些人個個比她力氣大、個子比她高，宛如面對群山的考驗，還有山裡餓著的野獸。

而我站在野獸的背後，顯得像一位指揮失控的馴獸師。睜著眼看著女孩臉上逐漸失色，像洩了氣的皮囊開始無力支撐自己。我控制不住急迫的心情，拉住曾經資助過清子母親的阿雲叔，告訴他「這一定要上前阻止！」

但我從阿雲叔的手臂感受到顫抖，他右手攥緊了黑色短褲的褲管，一道風吹來，唯有剩下的那隻左腳能感受風的冷暖，也只有那道風使得阿雲叔更理解自己並不完美。

我已經明白了，阿雲叔是不會上前阻止的。倘若那時有人上前阻止，事態肯定不會演變到這種地步。但面對洪水猛獸，十八歲的我，卻奔離出了事發現場。我看見阿花放在門外的曬衣竿，順手提起打爛她家的天公爐，一竿子打翻八珍姨曬著的陳皮，橫掃阿金伯田裡的菜瓜架，一路遇物則摔，遇物則撞地鑽過巷子逃回了家。

我看著阿雲叔的家門，更為窩火。自己沒能伸手搭救清子，連像阿雲叔收養我的一個善人，竟在那時也無動於衷。顫抖的雙手，揮起阿花的曬衣竿在地上重重拍摔了無數次，摔得身子疲憊，手掌磨出了皮，曬衣竿都留下了血，斷成幾截，就算如此，憤怒始終無法消退。我拖著疲憊的身軀緩步鎖進房裡，蜷縮在角落一處，憤怒才漸漸嶄露疲態，而悲傷竟偷渡過眼簾變成淚水。其實我也是一隻野獸，區別在於躲在無人之處做將死前的嗚咽哀嘶。

從那之後，所謂的後續我一概不知。不，是不願知道。我忘了我給自己鎖上了幾天房門，阿雲叔也沒過來敲門，也許有，我沒聽見。正當已要開始相信清子的那種完美對現實而言其實並不友善時，那日午後從窗戶處瀉下的流光，落在房間平滑的水泥地上，在反照之中照耀著我，塵埃在光裡翻颺起舞，那時樹上的雀鳥再次鳴囀，叫聲依然響亮。

於是，我選擇在這振起希望的日子推門而出，屋外等我的卻是一陣香煙和熏臭的氣味。

我記得那屋外還拼著兩張木桌子，一張是平時吃飯的飯桌，另一張是阿雲叔的辦公桌，上頭擺放著一動也不動的人體，地上插著一柱香。阿雲叔說，「不能讓清子母親的遺體碰地，容易腐壞。」他坐在門框旁的木凳子上叼著一根煙，一邊燒著金紙，一邊呆望那滿是傷痕（其中包括被野狗咬食過的痕跡）的遺體。

我不忍直視，甚至被屍臭熏哭。

「死了多久了？」我捂住鼻子問。

「七天吧。」阿雲叔說。

「怎麼死的？」我繼續追問。

「生病吧。」他回答得很順遂。

「都沒人幫忙辦喪？」我問。

阿雲叔沉默不答，抽著煙、燒著紙錢。這些我耳聞目見的消息如同白蟻在蛀蝕屋外逐漸傾斜的木質燈柱。

「那清子人呢？」我問。

阿雲叔並沒回答，乾癟的唇扉倒吸一口煙，頭還輕微地後仰，然後他的胸慢慢下垂，白煙自然地從他的鼻口處洩流而出。他的樣子似乎讓看的人緊張，像要為我揭曉一切真相。

「誰曉得咧？」他說。

他平靜地說完後，又送一口煙，再繼續說「大概失蹤了吧？」等他再送出最後一口素如喪服的煙後，他說，會給清子母親體面下葬的。

清子失蹤了，她母親的遺體被村子遺棄的第七天，阿雲叔接過遺體，幫她作七，再把她下葬。村裡的人都知道她的死因，但阿雲叔一直以來堅持說，「她是病死的。」

我仍記得那場喪事，除了沒人前來上香，村人也自此不再行經阿雲叔的家門前。

回過神來，已是下午五點的事，我坐在雜貨店旁的石墩上，因為打了一陣雷，才意識到西面的天空陰雲密佈。我沿著巷子穿行像走馬燈一樣觀望四周，當我走到牌樓下，村外卻傳來了熟悉的鳴囀。那隻雀子在雨樹王的樹梢又開始鳴叫，我走進雨樹王的林蔭下，抬頭尋覓那鳥鳴的聲源，想著自己也曾花過許多時間猜測與查詢牠的名稱，竟覺得安慰。牠粉色的嘴喙，像清子十歲的唇色，那身羽毛像雨樹王的落葉一樣金黃，那雙羽翼及尾巴就是這裡展開的林蔭。

我說，「黑枕黃鸝，是你的名字吧？」

太平湖上的水泛起神祕的漣漪，牌樓柱子上的陳年舊漆被盡數抖落，金色的雪又開始下起。闊別多年，那陣像清子一樣的風再度吹向了我，也吹過黃鸝的鳴膜，她那微弱的聲音宛如蜻蜓點水，讓我記起了她曾向湖水大喊過的內容。

回到車上，我呆坐好一陣子。不久外頭下起了暴雨，不愉快的落雨聲圍繞在車身周圍，彷彿欲要搶先淹沒心中剛升起的哀愁。回市區的路上，車身後的雨樹林蔭道裡，不時隱隱迴盪起那名十歲女孩曾在湖邊吶喊過的聲音：

「我——不——是——日——」

第二片屋瓦

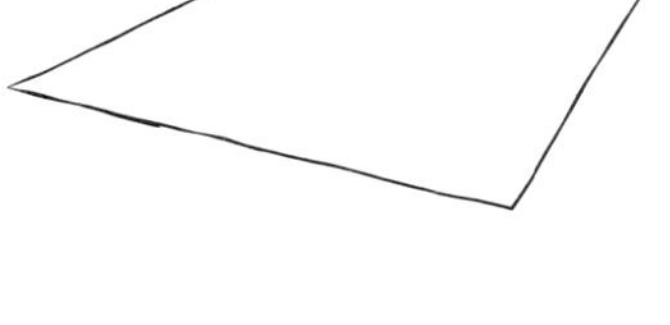

老李最近搬到了鎮上。鎮上總是落雨，外地的人都叫它作「雨鎮」。雨鎮的人們喜歡給對方起外號，像最近新到的老李，大家都管他叫「闊嘴李」。並不是因為他的嘴巴比別人闊，而是老李的鼻子小，顯得嘴巴特別大，不僅如此，他的食量也是全鎮人所佩服的。

雨鎮附近有條小河，從拉律山上流經雨鎮的東邊，新來鎮上的老李帶著他的一對妻女安住在河岸邊上。老李家板屋前門是條大馬路，後門出去是河岸，河岸邊有一棵大葉欖仁樹，它長得茂密高大，板根高過一個成年人的膝蓋，往後還有一小片的香蕉林。老李的八歲女兒小花，多半一天的時間都花在那裡的河岸。她不只戲水，還會抓那種小小且色彩繽紛的打架魚。老李一家本來是製造水粉的，老李嗜賭，把在北部好好的工廠都賠了，欠了一屁股債就逃來這小鎮。

老李的妻子勸他在鎮上重操水粉[2]生意，可老李身上沒有大筆錢，不能買米做水粉。自從新到雨鎮後，他因為錢的事情總是鬱悶不樂，臉都皺得像一塊乾掉的柑皮一樣。有一次，老李的妻子臨睡前終於忍不住勸他：「多在鎮裡找找工作，吃些苦當一個搬運工，賺點小錢，能積多少就多少，這樣才能繼續做水粉啊。」老李沒回應，只把雙眼一閉，弓著小腿就陷入睡眠深處。很多時候，妻子只要一提起找工作的事，他不只轉移話題，還會刻意迴避，搞得後來妻子也不再和他說話了。

老李總是一大早出門，傍晚的時候才回家，但他不是為了找工作，而是去鎮上巴剎[3]附近的一間茶室，那間茶室叫「大千茶室」，那裡晨早時會聚著一群中年人談論每日的「氣象」。老李初時坐在角落旁喝著海南 kopi 靜靜觀察他們，後來大家熟絡了，「闊嘴」、「闊嘴」的叫著後，連他也插了一腳進去和他們聊了起來，但大多數聊起的都是老李過去作為老闆經營水粉行業的成功事蹟。他喜歡談論自己輝煌的一刻，這很令他自傲，所以後來鎮上的人又叫他「闊嘴頭家」，說他嘴巴大，可以吃四方，以後又會變老闆。每當老李聽到有人這樣稱呼他，嘴巴都笑成了路邊晨早盛開的喇叭花那樣大。

老李一大早出門去大千茶室是有原因的，在大千茶室裡他總是聽著那群中年人談論著雨鎮的每日「氣象」，他覺得這樣的日子聽著他們聊就會變得特別有意思，而且大千茶室的 kopi O[4]很合老李的口味。後來，在雨鎮的巴剎另一頭，出了一名「雨

2 一種用發酵的米漿曬乾後製成的傳統護膚美容產品。
3 巴刹，指菜市場。
4 馬來語中的咖啡烏。

王」。雨鎮的人們在巷子倒垃圾時談論他，煮菜時也談論他，臨睡前也談論他，就連晨早與鄰居碰面打招呼時也會談論起他，老李心裡不是滋味，大家都鮮少叫起「闊嘴頭家」這個名號了，何時何處都以這位雨鎮裡的人物作為話題。他很想知道這名人物到底怎麼發跡成雨鎮的焦點。那天一早他又出門，往著一條與大千茶室相反方向的路走去，他拐了彎，走過大馬路，直走到巴剎的另一頭，那裡有一座鐘塔，是以前英國殖民時建的。鐘塔對街有座封閉式巴剎，連著巴剎有一間小茶室，茶室是巴剎的入口，鎮裡的華人都把那裡叫「萬山[5]頭」；馬來人則叫「Siang Malam」，意指白天與黑夜。萬山頭茶室的外觀有兩層屋頂，最低那層離地面其實只有兩米高，抬頭便可見到波紋瓦的坡屋頂；最高那層則具有平式頂蓋外，還有伊斯蘭鏤空木板的簷飾設計。那裡和大千茶室一樣，聚著一群中年人，還有一些年紀更老的。老李走了進去，點了一杯愛喝的無糖 kopi O，找了個好位子坐下，他的眼睛和耳朵變得像獵豹一樣關注著「雨王」的出現。他等了一天，沉浸在吵雜的人語中，「雨王」始終沒出現，kopi O只點了一杯，也沒喝完。那時，外頭響起淺淺的雷鳴，所有中年以上的男人都跑到街道上去，不約而同地抬頭望天。老李也走了出去，他們望著的不只是天，還看著延伸出茶室外的坡屋頂討論起來。

有個年紀看起來比較大的，身體十分矮小的老男人，對著一個肚子像懷胎九月的中年男人笑得咧開嘴說，「你看吧！這一定下的啦！你輸的了。」

「都還沒下雨。」大肚子的中年男人身子後仰攤開雙手地說，像是對那矮小的老人表示不要太過囂張。

老李則站在街上和大家一起望著天。天空烏雲密佈，流出一點顫顫雷聲。街上站著的人不時轉身看他們的身後，老李也跟著他們做了同樣的動作。他抬頭一看背後，原來是那座鐘塔，上頭指著三點五十六分。身材矮小的老人叫一個年輕小伙子幫他看一下鐘塔的時間，小伙子看完後轉頭告訴他。老人的眼神比剛才少了得意之外，還多了幾分焦慮，中年男人比起老人則冷靜許多。大家除了看屋瓦和天空外，還不時看著鐘塔上挪動的指針，分針走到了五十八分，雲依舊陰著臉俯瞰雨鎮的人們。那時，老人和中年男人的眼神都變得異常堅毅，彷如變成了傳道者，已聞得真理信仰一般。那一刻，他們的信念堅定，眼神互不相讓，可知他們理念不同，並且對立，就像街上站立的人們，一半看前方的屋瓦，一半看背後的時鐘。在深邃陰暗的天空裡，顫顫的雷

5 巴剎在福建話裡的另一種稱呼。

鳴突然轟大起來，嚇著了分針，讓它向前傾至下一分鐘。而在這一刻的雨鎮上空，一滴雨飛落在萬山頭前排的波紋形屋瓦上。那些擠滿一大團的烏雲最終瀉下水來，街上有一半的人叫出淋漓暢快的歡呼聲。矮小的老人走回茶室裡，邊走還與著剛才的年輕小伙子用吹噓的語氣，說他問過神，不可能會輸！同時，那個中年男子低下頭，雙手交叉在大腹之上也往著茶室內裡走去，他的步伐看起來踉蹌，可能因體重，也可能因某些事落敗了。

大雨落下，雷聲在雨鎮的上方呼嘯而過，老李坐在靠咖啡攤的位置聞到了土臭味，他又點了一杯 kopi O。他看著剛才聚在街上看天的人們又圍聚在茶室裡的一張大理石圓桌旁，許多人掏錢給那個矮小的老人，矮老頭落下拖鞋坐在大理石的圓桌上，他黝黑的一腳曲放到桌上，幾根手指在趾縫間摳個不停，又邊數著一小疊紙鈔咧開嘴笑，但沒笑出聲音。

那時 kopi O 遞到老李桌上，他付了錢給泡咖啡水的老闆。老闆下巴偏左的地方有顆黑痣，還是長出一小撮毛的那種，鎮裡的人都說他那顆長毛痣像極了芽菜的彎曲弧度，正巧他也姓蔡，紛紛都叫他「豆芽蔡」。老李叫住他，向他詢問了剛才發生的事情。芽蔡用了寥寥數語向老李解釋，他說，「那是雨鎮裡獨特的賭博方式啦，主要是透過猜中下雨或不下雨的限定時間內取決輸贏。像剛才的賭局，莊家賭下午四點前下雨，超過四點〇一秒不下雨即算輸啦，當然也是有賭四點前不下雨的人啦。」他指了那個背對著老李的大腹中年男人。

「這款賭雨方式賭法有很多種，像剛才的除了賭不下雨外，」他用手指指向外頭凸出的坡屋頂，繼續說，「還有賭這範圍內滴下的第一滴雨落在厝頂的哪一排。」然後又說，「這裡賭雨的人都把下雨叫作『要雨』。雨季時，賭局會追加條件。我給你舉例子比較簡單啦！」

老李睜大的眼睛裡像發出了亮光，他即刻對著芽蔡點頭張大耳朵聽他說接下來的例子。

「像你賭下午三點前要雨（或無雨）嘛，我或莊家就可以推遲或提早十五分鐘到三點十五分或兩點四十五分前要雨（或無雨）；又或者你可以推遲或提早半小時到三點三十分或兩點三十分前要雨（或無雨），以此類推啦。每人可以改動的時間不能少過十五分鐘就對了。」

「那麼說，像莊家如果賭早上十一點前要雨，我就可以推前到十點四十五或者是十點的意思嗎？相反地推遲也是這樣子嗎？」老李聽他說得挺仔細，興趣的勢頭也被他帶起，他想確認自己是否聽懂了規則，所以他又問了一次。

芽蔡沒開口，只對著老李叉腰點點頭。

「那會不會有兩個人都賭同一時間要雨或無雨的狀況？」老李問。

「那就要看誰能讓步嘍，誰都不讓步的話，雨就賭不成了！而且這種事還滿常遇見的。」他下巴的「芽菜」晃動著，嘴裡呼出口氣後回應了老李的問題。

老李一邊聽他說，一邊勾起杯耳淺嚐了一口 kopi O 又置回杯盤上，露出了嫌惡的表情，接著和芽蔡談剛才的話題，「你剛才說的是雨季的賭法嘛，那麼旱季咧？」

「旱季就沒什麼人要賭啦，要賭也是『打折賭』。像莊家打五折，莊家賭贏了有五十塊，對方贏了就有一百。」他說完，又靠向老李的位子指著那個坐在大理石桌上的矮老頭說，「他是作莊的，這裡的人都叫他『老莊腳』，要賭可以去找他。」

「所以他是『雨王』？」老李問。

芽蔡聽完後大笑起來，手裡自然地撚起他下巴邊上烏溜溜的「豆芽菜」。他說，「哪裡可能啦，雨王比較厲害。前些日子他可是逢賭必勝，現在他贏了一筆錢就走人嘍。而且聽說是去北部做什麼生意之類的。」

那時外頭的雨越下越大，對街的雜貨店像隔了層迷濛的紗簾。

「這場雨大概會下到晚上去嘍。」芽蔡望著雨中的街景說。

那滂沱雨聲像瀑布掩蓋過巴剎的喧鬧，老李壓根沒聽清芽蔡最後說的話，只看著那杯喝了一口的 kopi O 深思起來。他站起身探頭看了雨勢，就跑過對街的五腳基去避雨，他沿著五腳基繼續走，路過沒有遮蔽物的地方，就大步跨過去，直直跑到大千茶室，和那裡泡咖啡水的頭手說，請求收他為徒。

自那時起，老李開始學習泡好喝的海南 kopi。閒空的時候，就和大千茶室裡的那群中年常客坐在一起聊雨鎮的每日氣象，學學看雲、看雨。不多久，他便開始賭起雨來。起初，因為旱季，多半是打折賭，老李小贏了幾次。而雨季來時，短時間內必須預測出什麼時候下雨，還得賭第一滴雨落在厝頂哪排。老李就開始一直逢賭必輸，搞得後來存了幾個月泡 kopi 的薪資，都投進「雨」裡去了。

老李四處欠了幾筆債，連開水粉工廠的目標也破滅了。鎮上的人們暗地裡都這樣說老李：「闊嘴吃不起四方，還得把以前吃進的全吐出來。」家裡沒人願意一直承受這樣的苦日子，只有小花每日還開心地帶著那副瘦骨嶙峋的身體，看著玻璃罐子裡黑黃色斑點鱗片的打架魚。他妻子瞭解賭徒的本性，即便逃到何處也不會有重新開始的一天。每日早晨起床她就喝斥老李達到鞭策，久後也挺見效，老李那半年多裡再也沒去賭。然而，他每日清晨會坐在門外的矮凳上，研究雨鎮的氣象，只要一有閒暇，就會抬頭望天，身上還帶著一本小簿仔做起筆記來，像個專業學者的模樣做著研究。

上癮的賭徒怎會甘心一直平靜度過沒有輸贏的日子？

老李用他這半年多的氣象觀測經驗再次下了賭注，但他賭雨鎮今日下午五點前「無雨」。那時還是雨季，雨鎮已經有三天沒下雨，按理說第四天下雨的機率可能性很大，萬山頭茶室裡的人都因為賭「無雨」的老李而掀起一陣熱議。

老莊腳把五張一百的紙鈔放在大理石圓桌上，單手一拍大聲笑道，「闊嘴又來輸錢了！」

老李沒理會，走到芽蔡的咖啡攤，一如往常地點了一杯無糖 kopi O，就從早上坐到下午等「天意」，那杯 kopi 他依然還是只喝了一口。時間差不多在四點五十九分，狂風吹開了魚鱗天，來到雨鎮的街道上，吹亂印度女子的頭紗，吹落了行道樹上的葉子，也把鐘塔上的指針吹成五點鐘。茶室裡的人都震驚了，「闊嘴李贏了！」而且還贏了不少，場上賭「無雨」的只有老李一人，全部人都賠本了。還有人說「闊嘴一張口，就把雨鎮吃空了！」老李依舊沒理會，拿了錢就走進茶室深處的巴剎。他去買雞肉、咖哩粉、椰漿和各種香料，他要給家裡的妻女加菜，他喜歡吃妻子煮的咖哩雞肉，他很久沒吃了。想著，這下還可以還掉一些債後，留下一些錢，便拿去買一些瓶口用琉璃焊接的無色玻璃瓶子給小花。小花拿著那些瓶子裝打架魚，一瓶一隻，整齊地羅列在欖仁樹的板根旁，還用一片長型的木板，蓋上所有瓶口。她每天會在河岸邊的土壤或水裡挖絲蚯蚓餵食打架魚，搞得臉上和衣服總是髒兮兮。每當她母親說她是個男人婆時，她卻笑得瞇起雙眼露出牙。

後來雨鎮裡，有人頻頻傳出見到了鱷魚的影子，鬧得雨鎮人心惶惶。適逢老李的妻子回去北部的娘家，老李不放心留小花一人在板屋裡，只好把她帶到大千茶室邊工作邊看顧她。

大千茶室裡的氛圍是沸沸揚揚，聚著聊氣象的中年人們都說：

「我看是四腳蛇吧，有什麼好大驚小怪的。」

「應該是一塊木頭而已啦！」

「亂講！哪裡來的鱷魚，看都沒看過。」

「也沒聽到有人被鱷魚吃掉的消息啊。」

還有人為了證實鱷魚的不存在，特意去調查雨鎮過往的紀錄，安撫大家說：「鱷魚從來沒出現在雨鎮這個地方，以前沒有，現在、以後也不會有。」

嘴上大家這麼說著，心裡提心吊膽的其實是老李。他最清楚自己的房子就在河邊上，他把家裡的後門上了道鎖，只留前門進出，木窗早晚都緊閉，每晚臨睡前檢查門窗已經成為他的例行公事，如不那麼做他便無法入眠。

大千茶室裡的大人們都在熱議鱷魚的事，沒人留意到一個小小的身影卻消失其中。小花只喜歡打架魚，對鱷魚不感興趣。她走出大千茶室，那時大雨剛過，地上留了一缽雨水，她蹲了下來看水中的天空，天空有美麗的雲朵，她抬起了頭又看向真實的天空，發現身旁有棵樹，樹長出了紅豆，她要走去撿，又發現樹背有間漆著黃色的斑駁小廟。廟的頂蓋已經破開，香爐盛住滿溢的雨水，座臺和祭拜的煙草也跟著濕了。小花不知那是什麼神，只管著合十拜拜，接著掉頭走進大千茶室和老李要了一張紙皮。她把紙皮對折一半，覆在小廟上做成尖角的頂蓋，然後又把小手伸入衣服的口袋裡，把剛才撿拾來的紅豆統統放到座臺上獻供，最後又合十拜了拜，轉頭就離開。

當晚，小花就做了個夢。她夢見自己身在白色的濃煙中，煙霧裡有股熟悉親切的氣味，她記起母親也曾有燒過這種香給神。她不知道香的名字，只曉得味道很香。她在煙霧裡走了好久，她很緊張，一直摸著自己的手掌，手掌變大了，腳也長了許多。當她發現自己長高後，煙霧就變得更濃了，她聽見腳步和拐杖的聲音，有一道影子在濃煙裡鑽了出來走向她。影子的輪廓越來越清晰，那人穿著白色的唐裝，但她不記得五官了，只記得那人粉面，有白色的長鬍子。那人遞給她一朵白色小花，她湊近鼻子聞了一下，也覺得很香。當她抬頭想問那人花的名字時，她就張開眼睛清醒了。房內還殘留著煙的香氣，彷彿她還留在夢境裡沒清醒過來。臨出門的老李也聞到了，他以為是妻子晨早拜神的清香，還轉過身向神龕上的觀音拜了拜，嘴裡念念有詞，「保佑闔家平安！」後還不忘多加一句，「觀音娘娘，保佑弟子今天一定賭贏！」那天的老李明顯又要賭雨去了。

老李是拜錯了神，觀音不是財神，也不是賭神，要想落雨，也得拜龍王。老李那次贏了錢後，今天又輸了，明天也是，後天也是，大後天也輸了。老李可是個認真的人，對賭博是、對泡 Kopi 是、對氣象的研究也是。他生性執著得很，經他對雨鎮氣象的研究，才發現雨鎮的雲都飄得特別低，並且高聳的拉律山多半擋住了雲，雲積多了自然就降雨了。他每日清晨爬起來看雲和風的走向後，便能知悉一日下來的天氣。可每當他「要雨」，雨都過了他限定時間後的幾分鐘才肯落下。如果賭「無雨」，雨就在他限定時間內的最後幾分鐘落下，有幾次還下了令人意外的日頭雨。萬山頭茶室裡的人都搖著頭說「『闊嘴』真少了時運。」這顯然讓老李又難堪，又挫敗。

直到米甕已空出的第九個夜晚，老李做了個夢。夢中瀰漫著濃厚的甘文煙[6]，他才剛進入夢裡，卻感覺自己已經老得走不到路。他在濃煙裡聽見女孩子清新的笑聲，煙漸漸淡去褪成朦朧，他彷彿感覺自己正走在花圃之中，他聞到一股清新的香氣和那女孩子的笑聲一樣，老李回頭看了剛走來的路，發現長滿了矮叢，矮叢上還開滿了白色的小花，老李知道那些都是茉莉。他繼續走，後頭就會一直長出矮叢與茉莉。突然，夢裡像是出現了大風，吹亂了濃煙。他在朦朧中見到一名妙齡少女，她的身上都開滿了茉莉，甚至連頭髮也長出了一些。身體上的給她編成一件白色長裙，髮絲裡的就化成頭紗，頭紗上還有金色的飾物在發亮。老李一眼便可以辨認出少女就是長大的小花，她的身邊還有一個穿著素白色唐裝的人，他看到那人轉過的側臉，但不記得五官，只記得是粉面和長鬍子。小花笑得很開心，伸出手把很多相思豆給了那個穿著素白色唐裝的人。那個人也給了小花幾朵茉莉，小花雙手捧起湊近鼻子聞了一下後，就對那個穿唐裝的人咧嘴笑了起來。沒多久，那人就牽起小花的手遠走開來。原本老李想要叫喚小花，還沒叫出聲，夢境看穿了老李的心意，引來濃煙阻擋他。他拔腿要追上，濃煙已經蒙蔽了他的雙眼，那時夢境已復歸於渾沌。當他醒來，甘文煙的香氣還留在板屋裡沒有散去。老李踢踏地下了床走往隔壁房，八歲的小花依舊躲在百家被裡露出可愛的臉蛋酣睡，他握住了她的小手，也撫過她額前的劉海。這時雞鳴，老李又要坐在家門外對著烏藍的天，看雲和風的動向去了。

老李自從做了那個怪夢以後，便開始逢賭必贏，未嘗有過敗績。鎮上的人紛紛覺得老李怎麼就神了起來，甚至把「雨神」的稱號冠在他頭上。有些說玩笑的，就稱老李是「闊嘴雨神」，再次說他「闊嘴一張口，就把雨鎮吃空了！」這次，還真的吃空了那些賭徒和莊家。

老李贏來的錢都可以開兩三間水粉工廠了。雨鎮的人們都口耳相傳著老李的事，大家都訴說他的傳奇。有人說他在賭雨時，身上會飄出一陣茉莉花香。也有人說他聞到的是拜拿督公[7]用的甘文煙。更有人說他是乩童，請了龍王問雨。所有雨鎮裡不切實際的想像都變得和老李有關。

老李的妻子勸他說「知足就好，見好就收。」老李總是口頭說著好，但到了萬山頭茶室，還是忍不住賭了起來。老李的妻子深怕他會重蹈覆轍，呵斥老李「如果再不

6 一種以木粉和安息香樹脂混合製成的熏香。多用以拜祭番地土地神時用。
7 番地的土地神，祭拜的材料其中一種有香花，茉莉是香花的一種。

收手，就要帶著小花回娘家！」可老李還是心癢得很，妻子只好讓他一步，就與他約定明日以後，是他的最後一次賭局。

隔天，迎來了老李這一生最後一次的賭博。這場賭局，沒有多華麗，也沒有很簡單，全依循著「天意」。老李賭了一場「要雨」的賭局。他坐在萬山頭茶室裡，和莊家賭了早上十一點前會下起暴雨，還說第一滴雨將落在瓦片前兩排的第二格上。他下了注後，走向芽蔡那裡點了一杯無糖 kopi O。他喝了一口後，依然覺得芽蔡的 kopi 只能喝一口。十點三十分的早上，天色異常昏暗，閃電不時掠過雨鎮人們的眼前，跟在閃電後的是轟隆的雷聲，大風也從平地吹起，茶室裡亮起了燈，街上人們的手中就多了一把傘。

過了一陣子，老李望著鐘塔上的時鐘，十點四十八分。

探雨的幾個年輕小伙子雀躍地跑進茶室裡，大呼著說，「前兩排的第二格！」

接著，雨瘋狂似的打落在街道上，每一顆比子彈斗大，茶室裡沒人歡呼，大家都知道贏的一定是老李。老李收走錢後，手指勾起杯耳再喝了一口剛才的 kopi，現在他覺得芽蔡的 kopi 好喝多了，拿起 kopi 走往滴著雨的屋簷下站著，然後又準備喝下一口 kopi 時，他發現 kopi O 裡映了一半的天空，天空有美麗的雲朵，雲化成了眾多雨水落地，濺濕了他的褲管。他仰起頭望天，那裡全是烏雲，而且是雨層雲，雲化成的雨水，落到他的杯子裡。老李始終沒把芽蔡的 kopi 喝完，一直放在那大理石的圓桌上，隨身攜帶的傘也掛在了一旁。他坐著看雨，想起和妻子昨天的約定，他要等雨停後才離開，離開茶室，離開這座賭雨的小鎮。

十點三十分的早上，暴雨還沒落下，板屋旁的河流有漲高的跡象。小花從前門繞到了那棵欖仁樹下，把一個個裝著五顏六色打架魚的瓶子取進屋內。恰好有道閃電飛逝過她的眼前，她一陣恍惚像被閃電蒙住了雙眼，錯腳踩到濕滑的板根，手中的玻璃瓶子和打架魚跟著她摔了一地。小花心急著救起落地的打架魚，統統把牠們都裝進了幾個仍然完好的瓶子內，儘管牠們會在裡頭打鬥一陣子她也不介意。

天邊復有雷鳴，香蕉林裡變得特別安靜，河水流動的聲音便越加清晰。河上一塊墨綠色的「浮木」，張著琥珀色的虹膜平靜地浮在水面。牠拖著粗長的尾巴上岸，上下頜間露出難以收斂的鋸齒，匍匐的身軀已然爬經欖仁樹的紅色落葉，意圖朝向板根後忙著撿拾打架魚的小女孩。

到遠方

我與阿萊最後一次見面，大概是二十幾年前的事了。我曾想過那一次之後，一輩子不會再與他往來。

他說，他從他舅媽那裡打聽到我從日本回到島內，非得給我通一次電話，要和我約見面。我原初想著拒絕他，畢竟我們有很長一段時間斷了聯繫，見面之後，又不知道和他聊些什麼。或許我能夠和他說二十年來我在日本的生活及見聞，但他會樂意聽嗎？

或許會。

但我也沒必要主動向他提起這些事。

更重要的是，他的臉孔早已變成陌生人，想想看九歲和三十五歲臉孔之間的差異，還要告訴他關於我那二十年的經歷，不是更容易讓人彆扭嗎？

但我還是答應他了。說到底，他還是我的遠房親戚，因為這一絲線長的血緣，讓我考慮再三後，於是在隔一週休假時與他約在一家咖啡館內碰面。

如今，我倆都三十五歲，雖然他出生的月份比我早，本來我得叫他表哥，但初次相遇之後便不曾改口，一直都稱呼他為「阿萊」，但他每次在叫喚我時只會用「喂」。一開始多虧了手機，我們才能在咖啡館裡「認出」對方。他的體格從小高壯，天生擁有一副建立雄壯肌肉的體型，在國小時打架從來不輸任何人，加上他身上有一個記號，我一眼就確認出他了。那個記號，是我小時候跟他同床的那一年，幾乎每次醒來視線都會落在他潔白的耳朵上，耳垂處恰好有一個像耳環一樣的黑痣。我們的床是靠在窗下的，陽光照進來時，他耳垂上的黑痣就會發出像黑曜石的光芒。當時我一度以為他真的戴上了耳環，手還忍不住伸去摸了一下。

那顆黑痣仍在，但臉上的稚氣早已因歲月而洗脫，同齡的他仍舊保有著年輕人的活力，不像我已經是塊又黑又瘦小的木炭。

他問我在日本生活的這幾十年還好嗎？我當然說，「很好」。他知道我說的鐵定是標準的客套話，因為他的問題就是循例的開場白。我看著他手中的美式咖啡，回憶起說：「你以前不敢喝咖啡烏的。」

他沒有回應我，硬是喝了一口美式後才繼續說話。

「對呀，我變了。你不也是嗎？麻芝。」

麻芝，就是麻糬。他很少叫我麻芝，一般只有在學校和其他同學一起時才會這樣叫我。關於「麻芝」這個暱稱，最早是指我的氣質像麻芝一樣軟弱。但一直以來我都視這個暱稱為讚美，因為我在巴剎看過麻芝的製作過程。它被蒸煮，揉打，還要被切割，小小一塊還能夠在人的口中使出能屈能伸的黏著感，更重要的是，當它裹上花生粉後，在我口中帶著的黏膩香甜如同我一直欣然接受著這個暱稱一樣使我感到滿足。

「沒想到你還記得這個花名。」我說。

「我當然記得。你當時還和班上的一個叫小麥草的關係很好。」他說。

八歲那年，我在島內的鶴山住過一段時日，因為從小父母早亡，我流落到親戚之間那裡寄人籬下。阿萊的父母當時收養了我，正確來說，剛好是輪替到阿萊父母。我必須得叫阿萊父母表姨和表姨丈。阿萊他們家坐落在鶴山偏西北的山腰上，家門外是梯田式坡地，他們都用來種菜。而我和阿萊的小學就在鶴山西邊的山腳下，佔地不大，只有六個小班級。教室外的空地只有一個籃球場大，但那不是籃球場，僅僅只是一片下課時讓我們奔跑的小空地而已。空地邊界隔著一層籬笆，籬笆外是竹林，竹林間有溪流，溪流從鶴山西邊的山脈流經小學到鬧市。午後的風時常在竹林之間穿梭使之相互碰撞，彷彿濤聲般舒服得讓人想在上課期間打起瞌睡。

我是那種放學後不會先想著回家的孩子，不管到了哪個親戚家寄住都一樣。我不太清楚是不是因為那不是我真正的家，所以才變得特別喜歡待在外頭好過待在別人的家裡。那時，我第一次住在山裡，也是唯一的一次。城市和山裡有很大的區別，我不是指鋼筋水泥和滿山綠意，而是一個小孩在山裡亂跑是非常正常的，在城市裡只要你獨自走在街道上，都會有人把你當成走失的小孩帶你到警察局裡報案。

因為山裡的人們自由度很高，阿萊的父母也就一貫用著山裡人放牧式的生活放任我。不過，就算我有多想待在外頭，我還是會趕在天黑前回阿萊家，不給他們家裡人製造麻煩，好像一隻山雞早晨被放出亂跑後，傍晚前又回到那個窩裡睡覺。

如果以阿萊家為中心，我去過山裡最遠的地方，大概就是和小麥草那一次的出遊。比較近的，就是阿萊家外面的梯田。坐在一旁的石階上吹風看遠方是非常怡人的事，有些時候我會帶著直笛，吹音樂課上學會的〈鴿子與少年〉。偶爾也會望著遠方，目光落在左面的山腰上，那個養著一群羊的男人會在遠處與我揮手打招呼。他養的羊會跳，也是我人生第一次見到，他放牧的時候，那群羊有秩序地一隻隻從山谷下方的峭壁跳到山腰邊的黃泥路上，雖然牠們有點髒汙，毛茸茸的，當牠們努力跳上山腰時，我彷彿看見了生命中每時每刻帶著的溫柔心跳。

我還有一個常去的地方，就是學校附近的一座林子。要到達那裡，必須沿著溪流的方向往上走，走到一處水流很響的地方，林子的入口會有兩塊大岩石擋在前方，爬是爬不上的，但兩塊接觸地面的巨岩之間有一個像狗洞的通道，從這條通道可以看見石灘和溪流就在不遠處。我時常幻想那是一條可以通往另一個世界的入口。每次從入口出去後，都要深深吸一口氣，像是證明我到過另一個世界存在著。

第一次走入那片祕密之地時，我把書包、鞋子和襪子全丟在了石灘上，迫不及待跑下水泡腳。當時，石灘上有一間拿督公廟，我以為廟裡有尊神像，但仔細一看才發現是一個和我同齡的女孩坐在裡頭。她的頭髮及肩沒有束起，穿著稍稍泛黃的白色校服和深藍色的短操褲，不知道是神是鬼。我站在水裡不敢有動作，她意識到我後，抬頭起身朝我喊了一句：「你怎麼進來的！」

只是我仍舊無法辨別她是人是鬼，反倒是她的問話令我感到自己像做了件虧心事似的闖入別人的地盤內，同時還被人發現了。我急忙轉身準備逃離。但由於雙腿趕不上直覺反應，一不小心腳底踩滑了石頭，撲通一聲後，才意識到全身已經趴進冰涼的溪水裡。

我從水裡站立起來，她在岸上捧腹大笑。她的笑聲時而和著溪流的水聲，時而迴盪在林間。我想起了阿萊房間窗口處掛著的風鈴，風吹過的剎那，就和她的笑聲一樣清脆涼爽。

可迴盪在林子裡的笑聲，在這種情況下令人心慌。我接續落水前的動作，趕緊爬到石灘上撿起物件準備離開。但她卻從石灘的對岸叫住我的名字。記得以前曾聽人說過，如果在林間有不明生物叫了自己的名字，千萬不能回答牠，否則靈魂會被勾走。我沒有要理她的意思，繼續撿我的東西。當我即將離去時，她已經利索地在溪水裡啪嗒啪嗒地走過十幾步路，來到岸上扯住我那濕答答的衣袖。

「你還沒回答我呢！」她生氣地問著。

我不敢回她話，只管屏住呼吸，甚至把嘴唇緊緊抿起，因為我真的相信她有可能會把我的靈魂帶走。

我當時是第一次知道她的。她其實是我同班同學。由於我不怎麼和班上的同學打交道，比較喜歡做自己的事，所以我根本不知道有她這個人。再加上個性沉默寡言，剛轉到這所小學時，那些想跟我搭話交好的同學都踢了鐵板。後來體育課時都不跟我組隊踢球了，下課玩遊戲時也不再找我，他們好像貓一樣，擅自接近之後，又擅自離開了。不過他們的離去並沒讓我感到寂寞，反倒使我不必為了應付他們而感到輕鬆。

阿萊也因此認為我是一個自私鬼，再也不同我說話，即便在家裡也一樣。

由於體育課時，必須兩人一組，一般是男跟男，女跟女。每次其他人迅速組完隊時都只剩下我倆，最後只能被迫與她組隊。因為運動時有所接觸，開始和她稍稍聊過幾句。她身上有許多赤紅色條紋，而且那些條紋的位置會移動，有時候今天前臂上的條紋是直的，後天它會變成斜的，又或者是，今天直的條紋在右手前臂，後天它長在了她的小腿上。起初我很是好奇，但並沒有親自問她。不過，卻因為這樣的特徵很奇妙地把我和她拉近了距離，好像那些條紋有什麼特殊的咒文完全把我吸引過去。但我卻被坐我旁邊的小胖子警告了，他說，「小麥草會說謊喔，是個騙子，你要小心她。」

「她說了什麼？為什麼要這樣講她？」

「你有看到她身上的一條一條的東西嗎？」

我點點頭。

「那些都是傷喔，一看就知道是藤條打出來的。」

我有些懷疑，畢竟那種條紋看起來有點像，又有點不像。

「她有對你們承認過那是傷喔？」

「就是沒有才覺得她是騙子！我們有問過她的，她說是蚊子咬和皮膚過敏。」

「我不覺得是蚊子咬和皮膚過敏。」

「你看！她編的謊是不是很爛？所以我猜她一定是很常說謊被抓到，才被打成那種樣子。」

我不信那些條紋是由蚊子咬出來的，或是什麼皮膚過敏，但我也不相信小胖子說的話，說什麼打出來的傷。我覺得她身上的條紋有種天生自然的美，註定必須從她身上長出來，就像大家給她的花名叫「小麥草」一樣。我認識她之後，才知道她很喜歡喝小麥草汁，連食堂準備營養午餐的陳阿嬤也知道這件事，每天都會特意在她的營養午餐裡將橙汁換成小麥草汁。

我和她的關係轉而變好的時機，大概是在某天班級任突然說她沒交作業的那一次。當時，她站起來跟班級任說她有交上那份作業。由於班級任是依著作業簿點名的，裡頭確確實實少了她的名字。可是那天呈交作業時，我確實見到她當著我的面把作業交放在班級的前排課桌上，但不知是什麼原因，她的作業最後沒交到老師手上。我猜想很可能來自於同學的惡作劇，故意將她的作業撕爛丟進竹林裡的小溪。這種事情在這所小學其實很常見，尤其是對小麥草這類人而言。當然，老師並不相信她的話，提起藤鞭再問她一次，「要不要說實話，說實話就不打妳。」當時，我就覺得老師的人格好醜陋，竟然使用威逼利誘的手段，設法讓她墮入陷阱。

不過，小麥草沒承認她撒謊，還堅決說她交了作業，聲音裡頭帶著哽咽，快要哭出來。幾乎在老師質問她的同時，全班開始交頭接耳，儘管很小聲，我卻都聽見了。他們又再說她是個騙子，愛說謊的怪胎。我聽完後很生氣，站起來說，「她又沒傷害你們，為什麼要一直說她壞話！」這時全班看向了我，班級任也瞪住我，我說我看見了小麥草交了作業。我不知道哪裡來的勇氣變成了小麥草的證人。她目光投向了我，擠出一個帶委屈的笑容，然後點頭跟老師說，我可以成為她的目擊證人。班級任原先覺得我在無理取鬧，要連我也一起處罰。我和班級任說，我會幫她找出那本失蹤的作業簿。班級任答應了，不過如果找不到，代價是一起受罰。

下課的時候，我們先從最近的範圍開始找，從這批呈交上去的作業簿裡試圖找尋可疑的痕跡。果然，一下子就找到了。小麥草的字跡是全班最醜的，因為醜真的很容易被人忽略，但是特別醜，就形成一種特色。後來查出，發現是另一名同學塗改了她作業簿上的名字。因為是鉛筆字，橡皮擦塗掉再寫上另一個人的名字就變成了那個人的擁有物，他以為神不知鬼不覺，然後就被我和小麥草挖出來了。這件事驚動了全班，他們都覺得我在藤鞭面前太勇敢了，後來都改口不再叫我「麻芝」，不過他們依然對小麥草一樣冷漠，只是那些冷漠不再像以往來得那麼有敵意。

我和小麥草自此之後，每天約在溪流那裡，有時在林子內走動，有時坐在廟裡聊天。那間廟本來也很小，只能容納一尊神像和水泥製的供桌。廟裡在很早以前就不再有神像與香爐，只有一張連著左右牆壁空有形狀的供桌。坐在供桌上，屁股冰冰涼涼的，我們窩在裡頭說各種不同的故事。其中有一則，她問我是否知道拿督公去了哪裡。我想都沒想就說不知道。但她沒有因為我無趣而擺出臭臉不繼續說下去。她附到我的耳邊，用風鈴般清脆會迴響的語氣，輕聲對我說道：「因為祂變成鱷魚去吃小孩了。」

傳說多半是基於事實而創造出來的，由於自己沒親眼見過，又驅使於好奇心，我信以為真。據她所說，當時我聽完後臉色發綠，全身不敢動彈，好像真的警惕著廟前出現一隻大鱷魚一樣。有好幾個禮拜，我坐在溪流附近，覺察到水流裡總有一對目光悄悄躲在身後注視著我，每每轉頭回望又什麼也沒見到，那時我開始變得不自在和草木皆兵。時隔一個多月後，她告訴我真相，其實那只不過是她隨意編的玩笑，只是沒想到把我嚇成那種樣子。

除了聊天外，在溪流邊上哪有不玩水的道理呢？每次，當我見到她褪去白色制服裸露的雙臂和背部的赤紅色線條，那種向著溪水彎腰，用雙手把水潑向我或潑向她身上時，我都覺得好不可思議，她彷彿就像是一頭走進水裡嬉戲的小老虎，只是老虎的條紋是黑色，而她是赤紅色而已。有一次我感到非常震驚，她完全將內衣脫下，從她背部、雙臂乃至她的胸前，一道道條紋清晰可見。她的下胸及腹部特別乾淨沒有任何條紋，和老虎的四肢內側有著同樣道理的白。那還是我第一次見到女孩子的身體。她的胸脯和我一樣平坦，只有乳頭微微凸起，乳暈則像另一對小眼睛凝視著我。我有些好奇為什麼女人和女孩子都必須穿內衣？而且我也不能理解女孩子成為女人後胸部變大的奧祕。至少在那時候我是不知道的。

當小麥草袒露她的胸部讓我見到時，我便陷入了迷霧。既然女孩和男孩的胸部沒有任何不同，那為什麼女孩要披上一件內衣，而男孩子卻不用呢？難道說，男生和女生的胸部從質感上而言有所不同？我當時這麼想著，很自然手掌就伸向她那片平坦的胸脯。她沒有排斥，只覺得我很好笑，像一隻好奇的小動物在她身上仔細研究著什麼。

小麥草的胸部很柔軟和我自己的沒什麼兩樣，這樣的結論讓我更為迷惑。從那時起，我便時不時做著同樣的怪夢：一個女人脫下內衣後，從胸前竄出兩條巨蟒咬我。那簡直就像美杜莎的頭髮，只不過前者出自於乳房，後者發自於頭部。那段時期，我和阿萊都喜歡看週日電視上播放的日本動漫，尤其是神怪奇幻的故事裡出現各種封印妖怪的道具，而女人的內衣在我當時看來，就好像是用來封印胸部的那兩頭邪惡巨蟒的神奇道具。直到上了中學，交了第一個女友，這個夢才漸漸消退。也不知道是不是因為這個夢造成日後的影響，每當我和女人做愛，我便會盡情搓揉和吮吸她們的乳房，事後甚至將頭埋進她們的雙乳之間磨蹭，彷彿想用盡所有感官來反覆檢驗那是一對實實在在肉做的乳房，而不是冷血的巨蛇。

我記得在我觸摸了她的胸部以後，她對我說，「是不是成為女人就是一瞬間的事？」當時我並不理解她說這句話是什麼意思，我以為她所指的是胸部在一夕之間變大的事情。等到許多年以後，我以回憶的方式再度推敲這個問題時，才理解那根本就不是什麼胸部在一夕之間變大的問題。我時常在想，會不會是因為這個問題一不小心成為了她人生的轉折，進而影響了她的命運。

當時，她在我面前後退了幾步，張開雙臂，原本赤裸的身體因此立體了起來。她對我說，「你看這裡有很多都是假的，只有一條是真的。」

我仔細盯著她身上所有條紋，我說我分不清，而且哪來的真假？

她出示她右手前臂上的條紋，指著其中一條特別赤紅的給我看，「現在你分出來了吧？」她說。

我輕輕抓起她的手湊近眼睛端詳，發現真的有點不一樣。那些條紋會變色，會變成暗沉或紫紅色。確實她為我所指的條紋，顏色與其他還是有所區別。她說，她不喜歡別人說她手臂上的這道胎記長得像草，她覺得比起草來，更像是天上的月牙多一些。不過那只限於當我湊近觀察時的發現，當拉遠了距離，不管是胎記還是條紋，就像阿萊家門外那幾盆已經萌芽超過三天的小麥草，全都一個樣，沒有差別。

這時，我忍不住問她，「那假的條紋咧？」

她眼神呆滯，彷彿受到了驚嚇，好像從沒想過我會問她這個問題。我繼續說：「我聽小胖子講這些花紋都是傷來的，可是我不相信他的話，我想聽妳親口跟我講。」

她先是靦腆微笑，但日後回想之時，更多的其實是尷尬的表現。她給出了答案。然而她所給的答案，讓我十分不滿意。她又再說是不小心跌傷，或者是蚊子咬。這種說法鬼都不會信。我終於可以理解小胖子和全班為什麼說她是個騙子了，因為她傷害到了我和她之間的信任。我以為由我來問，答案會變得比較不同。但貌似不管誰來問，問她幾次，她都會給出同樣的答覆。我依舊不死心，偶爾還是會問問她。有時她給的答案稍微變得比較不同，不過那也只是說法上的變化，例如在「只是不小心跌傷」之前，可能會多加一句「你不要看」或「你不要問」，但她絕不會對我說「你不要聽」，因為她是那種能將體內湧發出的各種故事滔滔不絕分享給別人的人，即便那些想法多麼零碎，或者我在發呆，她也會一直說下去。假如她對我說「你不要聽」，她會變得很難受的。有時候人對於說話的慾望一旦開啟後，就再也不想停下來了。因此我可以非常肯定，在我記憶中，像那種類似的話她一次都不曾對我說過。

有一次，她給我說了一則故事。她說她父親曾經用摩托帶她進山裡看一棵樹。她感覺那棵樹很大，像海上的帆船，葉子也很美很茂盛，然後她就忘了更多可以描述那棵樹的細節。距離她看見那棵樹只不過是兩年前的事，但她的確想不起來了。她說，她想再看一次。

我下意識反應說，「叫你爸爸帶妳去不就好了。」

她聽完後，沉默下來，隔了一陣子才說，「我爸沒了。」

我意識到自己說錯了話，想說些安慰的話補救，又害怕越補越糟，我不可能對她說「沒關係，妳還有媽媽」或者是「妳看，我連媽媽也沒有，還是可以活得很好」之類的話。我想了很久，最後找不到一句可以安慰她的話，想想自己的處境後，那就是什麼話也別說。她望著我，對我微笑。我不知道為什麼她選擇在該是悲傷的時刻笑給我看。

她說，我可以帶她去看那棵樹。可我壓根不知道那棵樹在哪裡。她說，我去過很多地方，總該會有辦法，很適合當她的導航。即便她知道我因為被寄養停留過許多地方，但她仍然用著一種羨慕和妒忌疊合的眼光看我。那一天，我被她看得受不了，就答應了她。但我不確定我們究竟離開溪流後，該往哪個方向。她指著小廟後的陡坡對我說：「從這裡開始走。」然後做出認真思考的模樣，懇切地對我說：「就明天清晨五點在這裡集合。」

於是，我們真的一人帶著一個鼓鼓的背包在天還未亮的清晨出發。背包裡頭塞滿了食糧、繩索、手電筒、打火機，和一本記錄見聞用的空白筆記本。她也帶了兩瓶小麥草汁，我則多帶了一把直笛。臨走前，她合十雙手給那間空空的廟拜拜，還對它說了一些話。由於她的聲音和溪流的水聲疊合在了一起，使我沒能聽清她說了什麼，當我張大耳朵仔細聆聽時，只聽見綿密而相似的水聲在整座灰暗空蕩的林子裡不斷迴響著。

「我們大概就在山裡走了兩三天的樣子。」我說。

「那你們最後有看到那棵樹？」阿萊問。

「有喔。」

「可以說來聽聽它長怎樣嗎？」

「那棵樹很奇怪，它長在柏油山路靠近山壁懸崖的地方。那棵樹有點像單桅帆船，不過需要很多面主帆集合在一起才會像。它的根有一半盤在大岩石上，另一半緊緊抓住峭壁。葉子有點像櫟樹的葉，不過要來得長一些。比較神奇的是，葉子是漸層顏色，有點像四時的指令。山裡的風有時吹得很大，每片葉子在風中同一時間以一種不曾見過的螺旋方式落下，也就是自體旋轉啦，好像很多人在空中跳芭蕾那樣。而且幾年前我在搬家時，無意間把記錄當年這件事的筆記本翻開來看，才發現當時我遇見了一件十分詭異的事。」

「什麼事？」

「我們發現有一片落葉，突然就停在了半空沒有落地，我們以為那是一種會定格滯留時間的魔法，因此很興奮，站在山道上看了非常久。後來，有一道陽光照向我們，才發現那裡有條閃著光亮的蛛絲勾著那片葉子。」

「聽你這麼說，更像大自然變魔術吧。」

「對啊。但那時那片葉子不知怎麼的，在那棵樹下所有事情開始變得非常神奇。剛開始，我們覺得它像時鐘裡的指針快速旋轉著，但定睛一看葉子並沒有轉動，我以為眼花了。可是，它確確實實停下了。沒過多久，我身旁的世界開始轉動起來，好像誰掌著指南針般操弄。然後，最詭異的事情就在那時發生了。你知道我聽到什麼聲音嗎？」

「什麼聲音？」

「我聽見許多不同聲音在我腦中出現，開始呼喚我的名字。其中就有我父母的聲音。」

「你還記得你父母的聲音？不是在你三歲時就過世了嗎？而且那些聲音從哪裡來？」

「我當然不記得啊，可是我非常確定，一聽馬上就認出來了。而且那些聲音好像從那棵樹的樹心一樣深的地方傳來。」

「那你有回應？」

「沒有。因為我想到有人曾經告訴我那個傳說。」

「哪個？」

「就是在山裡被人叫名字時，不能回應的傳說。」

「啊，我以前也被住在山裡的大人告誡過。」

「可是，我懷疑小麥草回應了那些聲音。」

「你怎麼知道？」

「因為她當下突然和我說，她想去更遠的地方。」

那天，我們在沒有地圖的情況下，漫無目的地在山裡四處遊蕩。蕨類和羊齒植物嚼著山間的黃泥路，小麥草依然精神奕奕走在後頭，而我已經開始對這種沒有目標的旅行略感疲倦，就像我一直以來在親戚之間不停輾轉，再加上身上的泥垢和汗臭，讓我看起來不像個旅行者，反而像隻被人棄養的斷尾流浪貓。我們沒有發現背包裡的食物已經吃完，到了夜晚，我們體力用盡，在一處樹林裡點起小小的篝火好好休息。

她把雙腿平放在地上歇著，和我一樣依偎在同一棵樹下，我們一起用挨餓的眼神注視那團在夜裡恍恍惚惚的紅色火光。不知為何，當我們一同看著火光時，我就不怎麼覺得餓了，好像小麥草已經幫我分擔掉一部分的飢餓。我換了一個姿勢，躺在剛鋪好枯葉的地上，望著山林中露出的一小片夜空。因為體力的流失，我和她很快陷入夢的深處。一直到了清晨，我和小麥草被幾個人叫醒。他們自稱是巡邏隊，當我們再度睜開眼時，人已經在警察局裡了。

沒多久，阿萊和他的父母，還有小麥草的叔叔也來了。雙方辦完銷案手續後，一同走出警察局時，小麥草的叔叔一巴掌就扇在她臉上。

「年紀小小就跟男生走了？」她叔叔大聲喊道。

小麥草沒有哭，也沒有鬧，只是對著我笑，她的笑裡藏著早熟的哀傷。她叔叔轉頭過來瞪了我一眼後，接著又是一巴掌扇在小麥草的另一邊臉頰。他很生氣，他罵小麥草是個不要臉的女孩。她叔叔的暴力直接張揚地宣洩在我們面前，毫不留情地在小麥草身上畫下兩片過往在她身上我一直覺得很有自然美的條紋和顏色。我那時終於醒悟，明白小麥草為何總是說謊的原因。她告訴過我，她所稱的「叔叔」是她的繼父。也許她不喜歡回家，是因為這個父親給了她過度的愛。她站在原地，指頭一動不動，不再看向我，她低著頭，眼中只有地上，流露的餘光似乎早已習慣這一切，沒有反抗和叛逆，只有呆滯。

隨後，她叔叔又將矛頭轉向阿萊他父親。他質問阿萊的父親，是怎麼教養我的。阿萊他父親也沒有反抗，好像為了將他豎起的毛髮順著刷回去似的給他不停道歉。但小麥草的叔叔沒有要領情的意思，手掌一抓就是阿萊父親的領口，像要把阿萊父親摺倒。站立一旁的阿萊見狀況不對，衝到小麥草叔叔面前，一拳出去直向他的腹部。說也神奇，那一拳居然把小麥草的叔叔打到坐在地上。他捂著腹部，好像真的斷了幾根肋骨那般痛苦。接著，阿萊又朝我喊了一聲，「憑什麼是我爸代你道歉！」

還沒來得及聽清阿萊對我喊了什麼，右勾拳已襲向了我，我感覺自己好像變成了一塊麻芝被他摔在臼裡捏打了一頓，全身癱軟在地。幾乎在我後腦勺重重碰到地面時，眼淚也跟著傾洩出來。

之後的幾天，我被阿萊的父母關在家裡。阿萊的母親告訴我，直到我下週被送往另一個住於橫濱的親戚家那裡寄養前，我都不能隨意走下山。她說，學校的事情她會替我處理，我就不必再到學校。其實，早在兩天前我已經知道這些事情，畢竟一間房子能有多大？何況是一個小房間內的談話，我怎麼可能會沒聽見呢。

我一次次坐在菜田邊的石階上望著最遠方，沒有綠意的山林，只有一條規則如尺的海平線，我覺得我是該向小麥草道別的，畢竟再過兩天即將離開這座島嶼。於是，我趁著阿萊母親不注意，偷偷從菜田旁的石階跑下山去。我走進溪流的拿督公廟，小麥草不在那裡，我猜她大概也是因為和我一同跑到山裡的事被關在了家中。她家的確切位置我去過幾次，從學校的溪流往上，走入一條樹林山道，到了盡頭一間完全曝曬在陽光下的水泥房子，就是她的家了。

但我還沒走上山道時，在山道和溪流之間的水泥橋上的一處交叉道，我聽見小麥草在身後叫了我的名字。我轉過身去，沒見到小麥草的身影。只聽見幾個大人站在溪流的石灘上大聲喊話，他們神色緊張，語氣急促地像是在吩咐或命令著什麼事。我走到橋上，低頭往橋下的石灘上看，小麥草就在那裡一動也不動地躺著，像當時她站著被她叔叔打罵的模樣。她的頭髮流到了溪水如水草般搖擺，頭部有一處碗口般大的傷口，手腳歪七扭八，像被人隨意棄置的洋娃娃。儘管上衣蓋住了她的胸部，仍然可見到還在成長的清脆肋骨已然凹向體內，眼睛像是因為過於痛苦而緊緊閉上。身體也有多處像石頭長期泡在水底般的形狀和顏色的瘀青。那些以往赤紅的條紋也都發紫發黑了，她的全身像一件白衣誤染上破壞性的顏色。曾經，她為我所指的那條赤紅胎記，如今在我眼裡竟變得無比真實。

我看著底下的大人比手畫腳指指點點，像在還原事件發生的經過。其中有一個，指著溪谷上頭，我的目光也跟著他的指頭往溪谷的一面山壁上看。那面爬滿藤類植物的山壁少說也有五六層樓高，我的目光才攫獲他所指的位置。位置點上有一處完全可以讓陽光照射到的明艷之地，或許她就從那個地方縱身躍下，又或許是她不小心誤踩碎石摔了下來。最後在這種冰冷的地方，草草了結了她短暫的一生。

離開島上的清晨，我依舊坐在阿萊家外的菜田石階上，等待另一段新的人生來把我帶走。〈鴿子與少年〉被我吹得沒有朝氣，我凝望著山側面的羊群一隻一隻從山谷底下跳上山腰。但我吹到一半時，笛子卻沒了聲音，羊群也好像失去了動力，當我仔細再看向牠們時才發現已止不住眼淚。

阿萊看了看手錶後，說他時間到了，要提前離開咖啡館去見他的客戶。臨走前，他突然鄭重地向我道謝，同時又給我道歉，他沒有說明原因就匆匆離去。在我開車回家的路上，我駛上一條往東南方靠海的高速公路。我想起當時我被帶上飛機，飛往日本的另一所學校的回憶。我告訴那裡的同學，我來自一個名叫鶴山的地方。他們問我，鶴山是什麼。我依著當初到阿萊家時，把阿萊所告知我的答案說給他們聽：

「鶴山是一隻巨大的鶴睡在島上形成的。島的東邊是牠的頭和頸，北邊是牠豐滿的羽翼，西邊是牠的腹部和腳。」

我說，我當時就住在那隻巨鶴的腹部上。

他們聽後備感驚奇，似乎對巨鶴的想像產生了某種奇怪的聯結，並爭相圍著我問：「所以，鶴是站立的嘍？」

我搖著頭說，「是躺著的。」

他們非但不信，還責怪起我來，說我欺騙了他們。

他們把鳥類圖鑑遞給我看，指著書上的內容篤定地告訴我：「活著的鶴會飛走，睡著的鶴是單腳站立的，只有死掉的鶴才趴在地上。」

Chelsea
Blue

「Do you know Chelsea Blue?（你知道切爾西藍嗎？）」我爸在臨終前，語氣輕得像羽毛一樣地在耳邊這樣子對我說。

「Chelsea Blue」我反覆地唸了它好幾遍。最初時我覺得像是一句清晨幽會的情人在彼此間發出耳語的嘆息，聽起來很神祕，很適合成為小說的標題。雖然我不懂這兩個英文字排列一起的實質含義。可能是一首歌？也可能是一顆寶石的名字。

但也不一定，因為說到 Chelsea，首先想到的一定會是耳熟能詳的倫敦足球俱樂部，而那支球隊的球服剛好也是「Blue」的，和我們平常用的蝶豆花那種「Blue」十分相近。

我猜，我爸要說的可能是這支球隊。但不知道他臨終前告訴我這支球隊的意義是什麼。讓我賭球贏一次錢嗎？可是他沒指定出日期，誰會曉得那支球隊什麼時候贏呢？

以往我爸時常給我說很多故事，那些故事幾乎都由他親身經歷所改編。他說的每則故事分別是不同的小水滴，因此集結起時多到可以變成一條河。而最近的幾個晚上，我站在這條河上舀起了幾瓢水，什麼 Chelsea Blue 的，看看我爸是不是有預測球隊勝利的能力。可惜的是，並沒有。不過，我意外地有了新發現，Chelsea Blue 似乎和一隻貓有關係。這隻貓影響了我爸，還和似真似假的靈媒交會上了。當然靈媒不是我爸，是我爸的爸爸。

我阿嬤生了一對雙胞胎，先從母胎出來的是我爸，接著是我叔叔。我爸當時接生下來被臍帶纏繞在脖子上，雖然醫生剪開了臍帶，但不知道是不是因為嬰兒體力還很虛弱，沒多久就夭折了。接生的華人醫生當時很緊張，不管用什麼倒吊的方式拍我爸的屁股，我爸就是不做任何反應。而我叔叔倒是在一旁護士的懷中發出響徹全場的哭聲。總之，我爸當時在醫院裡的紀錄已確認了死亡。

我爺爺一家在悲喜的夾擊下，從無到了有有，又從有有到了無有，心情明顯是悲勝過了喜。他們從醫院走出來時，一對夫妻懷裡各自抱住了嬰兒。一個在哭，一個在路人眼裡像沉睡。阿嬤抱著的是聲音令人發愁的叔叔，爺爺懷裡的嬰兒是我爸。他們回家的路上在一段沉默中度過，像孤魂野鬼一樣在該辦喪事還是喜事的想法中不停徘徊。阿嬤說，「死寂的聲音比實際的聲音來得大。」最後，做師公的爺爺先辦一個小小的喪禮舉行招魂儀式，等七日以後，最靠近的那個吉日，再用叔叔沖喜。

只是喪事的當晚出人意料之外的事情發生了，我爸在一個小小的橡木箱子裡復活了。半夜守在靈堂的爺爺被哭聲驚醒，以為是我叔叔餓了要喝奶。因為哭聲是一陣一陣的沒有停下來過，他跑進了房間，發現阿嬤身邊的叔叔睡得很香。他準備走出房門時，一道黑影快速從靈堂的客廳溜了出去。爺爺也隨著那道黑影衝出外頭看，小小的黑影停在了門籬處，牠回望了屋內一眼，隨後用輕盈的腳步投身進大片陰影的灌木叢裡。

爺爺心裡當即有了譜，一隻不知從何處來的野貓溜進了雞比人多的村裡來復活我爸了。當我阿嬤知道我爸再度復活時，她開心得抱起他不停地哭泣，搞得像是我爸又死了一次的感覺。而爺爺一直無法忘記野貓對他的回望。牠發著綠光的雙眼是駭人的，他絕對相信師公界裡那些具有權威性的禁忌條目，加上那還是一隻黑貓，很邪門。他有理由相信當時被復活後的我爸體內，絕對不會是我爸最初的那個靈魂。

爺爺當下想遺棄我爸，他把想法講給阿嬤聽。還在為孩子回來喜極而泣的阿嬤生氣地對爺爺說，「你三八喔！孩子回來了，你要感恩酬神才對，怎麼可以丟掉？」阿嬤抱緊我爸繼續淚如雨下，「他是我心肝耶！」她說出那句話時，好像孩子回歸到她體內變成其中一個器官。

因為爺爺看阿嬤哭成這樣，也不再勉強她。但我爺爺自此對我爸嚴格冷漠的態度到他過世時也不敢有所鬆懈。他害怕那隻黑貓帶到家裡來的是惡人，待到時機成熟後會釀出一發不可收拾的災難。我聽阿嬤說這件事時，大笑了出來，懷疑爺爺一定是看太多林正英的電影了。

至於那隻黑貓一直住在爺爺的村裡，牠似乎擅長運用身上的顏色隱匿於陰影中不讓人發現。我爸和我叔叔那段時期還在上小學，他們回家的路上碰見了牠。他們驚訝於牠矯健的身姿，一下子像黑色的閃電突然消失在眼前。他們從沒見過這種生物，據說他們出世以後村裡的貓都消失了。隔天，他們又再度見到了牠。這一回他們見到的黑色閃電，變成一塊影子停在了他們面前。我爸向牠招手，示意要牠過來。牠聽懂我爸的意思，豎起尾巴緩緩朝他們走去。牠在兩人的腳邊圍繞，臉頰蹭過了我爸和我叔叔的腳，像個小孩子在撒嬌。我叔叔愛死牠了，尤其是貓咪那雙藍色的眼睛，非常水靈。我叔叔從側面發現牠眼睛上晶瑩剔透的水晶體後，給牠取了一個光線可以穿透的名字——「水滴」。

他們故意把學校午餐吃剩，等經過回家的路上，再把剩餘的拿出來餵養「水滴」。有時候是燒賣，有時候是叉燒包，或者是半包的經濟米粉。他們第一次蹲著看

「水滴」咀嚼食物時，抬頭對視的瞬間，有了類似靜電流過他們腦後，他們在同一時間舉起食指頂住了鼻尖，並且緊貼在各自的唇上，以示「絕對不可以告訴爸爸」。這是他們的祕密，也是雙胞胎的證明，他們一生之中唯有過一次珍貴的默契，而那一次就用在了這裡。

他們和「水滴」相處了大約半年左右，有一天「水滴」突然不再出現，像是因為一次猛烈的陽光曝曬後蒸發掉了。我爸最後一次見到「水滴」是在村子舉行中元普渡的法會上，那場法會由爺爺主持進行。村裡的人把金紙堆成了山，因為那場儀式在黑暗中進行，沒人看見一隻小小的「水滴」端坐在金紙堆旁。我爸趕緊上前趕走牠，一來是怕火會燒傷牠，二來是爺爺向來討厭黑貓。偏偏我爸怎麼趕，牠也不走，將牠抱起，牠也會掙脫。牠一直坐著等金紙山開始燒起火，火快燒到牠那裡時才肯離開。這隻來自陰影的使者，離去時無聲地步入了黑暗，背上映著熊熊刺燙的煙火，牠似乎習以為常了，將自己再度隱沒於黑夜中，彷彿是來到人間看了場大戲後，又回到牠的世界裡去。

我爸覺得牠還會回來的，並沒有多傷心。但失去「水滴」的叔叔，連午餐也吃不下飯了。他把沒動過的午餐放在每次餵養「水滴」的位置，想要以此來引誘「水滴」

出現。當然計劃一次也沒成功，我爸的弟弟因此日漸消瘦，最後患上了厭食症，於二十二歲那年去世。不過那已經是後話。

我爸在他十五歲以前的日子比較苦悶。爺爺並不疼他，只愛惜他的弟弟。當時，他還小不太清楚為什麼父親要對他冷漠，他有一度以為自己不是他親生。每當他上學前照到母親梳妝臺上的鏡子，見到自己的臉孔和父親一直疼愛的弟弟長得如此相似時，他又感到疑惑不明。

我爸從小喜歡賽跑、拔河、足球這種激烈且高爆發的體育項目。小六時，參加過一場市內聯校的足球賽，我爸作為前鋒在場上的表現異常亮眼，使得隊伍獲得當屆冠軍。他當初立志要成為像迪亞哥・馬拉度納（Diego Armando Maradona Franco）無人可擋的出色前鋒，想要在球場上發出耀眼光芒。

我聽他說這段往事時，才剛上小一。那是一個週末，他把我帶去了草場上踢球。當時我問他，「那你成為出色的球員了嗎？」

他用一種直接的語氣承著婉轉的答案應承我，「不然咧。」接著豎起一根食指頂著一顆轉動中的足球，不讓它掉下來。

「Cool！不就很多人知道你的名字了？」

我剛問完，他沒有回應，他站在草場中央顛球給我看。好厲害！我興奮地看著那顆不會落地的球，好像有一根我看不見的線綁在他大腿、前膝、腳踝、腳背、腳後跟和那顆球之間，他非常完美地操控著在晨光下沾了露水，發著微微光澤的足球。

我爸才不是什麼職業球員咧。他到鎮上的英校念中學不久就沒再踢球了。大致原因又和我爺爺有關係。因為運動鞋的鞋頭以及鞋面嚴重破損，連修鞋匠也無法用補丁的方式拯救。向來不喜歡我爸的爺爺哪肯買球鞋給他，而且足球在他那種七〇年代思維的腦袋裡，只是一種沒有出息的遊戲罷了。

放學回家時，我爸經常路過一家鞋店，鞋店裡有本地產的白色校鞋、Bata 鞋、高跟鞋、帆布鞋，還有一些外國進口的名牌球鞋。那些名牌鞋的款式只會擺出一隻和一些雜七雜八的鞋子一起陳設在凌亂的鞋盒上。那間店的老闆，下午在沒什麼客人的時候會坐在櫃檯打盹。我爸喜歡眾多鞋盒上展示的其中一款 Adidas 球鞋。那是一九九四年 Adidas 公司推出的革命性產品，雖然已經推出了幾年，產品也接著出了好幾代，但一代的價格仍然貴到天價，小鎮裡會買它的人其實沒有幾個。

從那隻球鞋被店主展示出來的那天起，我爸就喜歡上它了。比起一九七九年推出的 Copa Mundial 系列那種看起來軟綿綿的球鞋，它更為剛猛。黑色鞋面上的魚鰭型摩擦條和立體鞋舌給人一種龐克湊合皮鞋的怪異感，鞋底邊緣沿著幾根鞋釘下交叉出一道像「8」或「8」的橘紅色扭曲 X 字樣，這隻硬派的球鞋極易讓人聯想到熔岩，我爸當時是這麼和我形容的。它有一個兇猛的名字，Predator（獵鷹）。「獵鷹」有一種只要穿在腳上，下半身的每條肌腱會匯聚起沉穩能量的感覺。我爸時常說那雙鞋子，如果在一片天然真草的球場上穿著，隨時都可以踢出高速爆發性的遠射或長傳球擾亂對方的陣型後，飛入龍門。

可見我爸非常渴望獲得這雙球鞋在球場上馳騁。結果在某一個下午，他終於夢寐以求把它握在了手上。在一道陽光下小心翼翼地把玩，檢驗它身體的每個部分是否如同骨骼一樣硬朗。然而他僅僅只有一隻，他把它穿在腳上，比對起另一隻已經在腳上的 Copa Mundial 系列球鞋。兩隻都是新的，同樣碼號，卻不同款式。我爸穿著它們在房間裡走路亂跳，他十分激動，因為那雙鞋子的重量和他想像的重量竟然一致。

很快地，那隻鞋子引起了我爺爺的注意，嚴格的爺爺質問他是怎麼獲得球鞋的。

他冷靜地說，他向鞋店借用了兩隻不同款式的球鞋穿穿看。

當然，他這種說法爺爺一聽就直接痛打他一頓了，那一次還是打得最慘的一次。老實說，我爸打從心底沒有想佔有那隻「獵鷹」，他只是非常希望可以穿在腳上，證實是否符合他一直以來所作的想像。然後再穿進草場踢上一球才還到店裡去。

結果，那兩隻球鞋在我爸身上不到兩小時，就被迫歸還給店主了。每當想起這段故事，我能夠充分體會到那兩隻球鞋和我爸的命運。我以前不太相信命運。等到最近，我才發現人的選擇與某些物事達成的連結，往往暗喻了人生的過去以及未來，那彷彿像是人們說的冥冥中該有的註定。我時常在想，一隻野貓點名復活我爸後，把兩個長得相似的人，拉入了兩種不同的命運。這不就和我爸那天親手挑走兩隻不同系列、同樣碼號的球鞋情況疊合在了一起嗎？雖然至今也沒人可以證實我爸的靈魂是否由那隻黑貓帶來，或與我叔叔同出於一個母胎。但阿嬤的想法很簡單，「都是我的。」或者「歸來，是一種福分。」所以當初我爸夭折時，才會露出哀莫大於心死的表情。她疼我爸的方式，有時候會以為她害怕再度失去我爸。因此我爸離家的那年，阿嬤正在清理雞舍，她聽到我爸要離開，一度雙腳不受控制坐在了雞舍的圍籬前哭著喊我爸的名字。隔壁的人聽到阿嬤哭得這麼慘，紛紛跑完[8]出來看。他們見到她頭上和圍裙全沾著雞毛和雞糞，向著一條無人的小路頻頻招手且哭訴著，鄰居還以為她養的十幾隻雞全逃走了追不回來。

我爸的學業成績一直不是很理想，不過在校隊的練習賽上總是獲得不錯的成績。但他在十五歲時遇見了一九九七年的金融風暴席捲了亞洲。金融危機使得股市崩盤，國內通貨膨脹，社會失業率飆升，貧困的家庭更窮，整個社會陷入人人自危的狀態。爺爺因為沒有再多的錢一直資助考試成績不好的爸爸，最終他選擇割捨了他的學業，再把省下的學費補貼到我叔叔身上，並且也要求我爸工作賺錢補貼家用。不久之後，我爸便為了尋找工作離開了家。

離開家，其實是我爸提出的。很早之前，他就有這種打算。他只是怕講出來阿嬤會傷心才一直沒說。他說，「每天對著雞比人多的小世界，多無聊。」然後就輕易地決定離開了。阿嬤，親戚朋友鄰居出面阻止他，大家都覺得他還太小。全村唯有我爺爺覺得他已經長大成人了沒阻止他。由於我爸的離開，我叔叔最後才有了足夠的學費

8　「跑完」為馬來西亞用法。

念到大學，和一筆醫藥費醫治厭食症。

離校的早晨，足球隊教練十分誠懇地對我爸叮囑，「即便沒了學籍，你還是要照常練習，知道嗎。」他搭住了我爸的肩，可見他很欣賞我爸的球技。但我爸什麼話也沒說，只是點了點頭，沒過多久就離開了。他去了吉隆坡，寄宿在一個親戚家找工作。沒人要請一個中途輟學的小伙子工作的，何況當時還處在金融風暴時期。他能打的工很少，只有咖啡店裡捧咖啡水，或是伙食宴會捧菜、收盤子的服務生。工作結束，他回到親戚家休息，每天如是。漸漸他開始發現身上結實的肌肉線條和他成為職業球員的目標慢慢消失，他唯一能夠守住不讓足球在生命中消失的最後一道防線，就只剩下看球賽了。所幸，那戶親戚平時也在看足球賽，他們經常觀看到凌晨，賽後結束了死賴在椅子上討論起來，遲遲不肯睡覺。也因為如此，我爸在工作上精神恍惚總是出差錯，老闆找到了理由剋扣他不少薪資。

「那些被扣掉的薪水都可以拿去泰國玩女人嘍。」我爸五十歲那年，我帶他到青年公園散步，當他穿過兩側的紅仙丹步道跟我提起這件事時吹噓地和我說。

我想起了我媽跟我說過，他確實在泰國邊境待過一段日子。「所以你後來去泰國真的跑去玩女人啊？」我問。

他因為頸椎病不敢太用力搖頭，只是輕輕地搖晃了幾根頭髮，「我欠大耳窿[9]很多錢，哪裡還有錢去泰國玩女人，而且那時候比我慘的還有很多人。」他說。

接著，他清出一口痰吐在了步道旁的小水溝後，開始說他欠錢的經過。

「一開始，我也只是想賭一點點，贏一點錢罷了。但是九八年的世界盃決賽，實在太讓人有把握贏錢了，所有人都看好巴西隊，全買巴西隊會贏，我也一樣。因為巴西有 Ronaldo（羅納多．路易士．那扎里奧．德．利馬）。他球隊很厲害的，在那時的 FIFA World Ranking[10] 排名第一的咧。

世界盃有巴西隊的比賽，我都買他們贏的。巴西隊也沒讓我失望過，我贏的一堆錢都靠他們的。

誰知道到了決賽當天，我還記得是九八年七月十三號的凌晨四點開播。我為什麼會記得那麼清楚時間？因為那天清晨五點多下了一場暴風雨，我們當時都以為天要掉

9 高利貸。
10 國際足聯世界排名。

下來了。那天很多人都買巴西隊會贏，開平半的球盤，最後巴西竟然一顆球都沒進，法國以3：0完勝巴西成為世界盃冠軍。我們這些買巴西的全都上車翻船[11]，心情差到跟天掉下來沒有差別。我之前贏來的錢全輸了回去，原本那些錢有一半賭本還是跟大耳窿借的。我們心如死灰，聽著外頭很大的雨聲啪嗒啪嗒打在遮陽篷上。有個站在我旁邊的，應該也是買巴西隊贏的人說，『乾脆淹掉整個世界算了。』」我爸說到了這裡，大笑了出來。

接著他又繼續說，「他完全說中了我們的心聲。你知道嗎，那天雨下沒多久，整個吉隆坡就浸在水裡了。然後早晨的氣象局才姍姍來遲地在電視上播報：『這天清晨，西南季風從蘇門答臘流向了馬六甲海峽。』我還記得當天英文早報的第二版用了一種前所未見的方式開了頭：『Torrential rain brought by the southwest monsoon moves slowly northward across the west of Peninsular Malaysia like a big wet tongue.（西南季風帶來的特大豪雨，像舔過一樣，沿著馬來半島的西部緩緩北上。）』」

「那個英文早報寫的，真美。」我說。

我們走累了，坐在公園的一張水泥椅上。我聽他說完，並沒有聽到太多關於那個時候很慘的部分，於是我又開口說：「輸錢就很慘噢？」

他神情呆滯沒有回應，彷彿在腦海中重播一次剛才說過的話。我面向被夕陽染黃的綠色草皮，他發出了一個嘆詞。「輸錢不慘啊？那時候經濟蕭條加上賭球輸錢，很多人都跑去跳樓嘍。那個跟我一起看球的親戚，我就看著他從七樓的窗口跳了出去，像一隻暈掉的蒼蠅一頭栽在馬路上。所以人吶，你以為只有他一個人這樣子的結局，其實全城的人每天都做著這件事，想想不覺得那個時候的人都很慘嗎？」

為了不讓自己也成為悲劇的其中一環，我爸突如其來地消失在那些聽過他名字的人群裡。他把剩餘的錢弄了本護照後，逃到馬來西亞和泰國邊境躲大耳窿一段時間。他曾經告訴我，他在泰國獨自生活非常愉快，但我聽他講完故事後，卻覺得他生活很苦。幸好他後來在菜市混到載魚貨的工作，多少給了他一點工資。那幾年，他一天只有兩餐，兩餐都去鎮中心的佛寺，中午和傍晚時段會有人在那裡佈施。他要和一群老人、乞丐、流浪漢和流浪狗擠在一起才能獲得食物。他們很吵，嘰哩呱啦地不知道說什麼，唯一共通的語言是他們臉上的情緒。我爸說，那裡大部分人不值得可憐，他們

11 「上車」為馬來西亞福建話特殊用法，意為慘了或死定了。

有市場競爭的心態。如果有一名遊客投錢到第一個人的桶子裡，而沒把錢捐給第二個，第二個人還會站起來罵遊客咧。

「當然也有很常嘆氣的。」他給我補充。

他們平常環坐在佛寺寶殿前的許願池旁吃飯，許願池的中央有一突起的蓮花座臺，座臺上立著雪花石膏製成的佛陀像。由於我爸吃飯時總是坐在佛陀身側，偶爾他抬頭時會發現佛陀正雙眼觀視著他。佛陀胸前還有一個銅缽，那個缽一般是人們將願望寄託在錢幣上投進的入口。我爸說，所有的許願池裡都養著一群鯉魚，金幣投進了缽願望就會達成。要是沒投進許下願望的入口，掉進了池裡，餓著的鯉魚就會將金幣上的願望吃掉。我以前上幼稚園時，每晚聽完這則故事都要感到恐慌，「沒丟進去的人，願望就不能再實現了嗎？」我緊緊抓著抱枕緊張地問他。

「對啊，」他不停地朝我竊笑，然後說，「不然你也可以叫那些魚把願望嘔出來。」

接著，我就被嚇哭了。

我一直好奇那段期間，他是否有過掏出一枚硬幣許願，投進缽裡的想法。於是在某個夜裡睡前問了他這個問題。

他說，「投過啊，錢還進了缽。」

「那你許了什麼願望？」

「職業球員。」他說。

當時我根本不知道他不是什麼職業球員，以為我爸非常有名，害我每天在學校跟同學炫耀我爸多有名氣。等到我得知他不是職業球員，只是個每天從港口載貨到菜市賣魚的平凡小販後，我感到了兩團巨大的失望和生氣滾在了一起襲向了他。他為了把我哄回來，後來又給我說了一個後續故事。

大概是在他還沒找到載魚貨的工作前，他窮酸得連自己都受不了了。有一回，他起心動念對那個缽裡的錢動了主意。缽裡頭有很多錢，他這麼想。加上那間佛寺向來夜不閉戶的誘因下，他大膽地在半夜採取了行動。悄悄把腳伸進池塘裡，以著一種勿要驚擾萬事萬物的心走到蓮花座臺。即便他再如何小心，水裡的魚群仍然感受到了水流的波動。牠們誤以為食物到來，虎視眈眈地慢慢圍起了他。池塘的半徑大約只有兩米，他跨足四步便走到佛陀腳下的座臺。主要是座臺比較麻煩，他怕爬上去時會不慎滑倒。於是先坐上了座臺，甩乾腳上的池水後，慢慢準備站上座臺。

站在座臺上，他有感背脊突然涼了一片。

他驚覺黑暗中好像有一對目光正看著整件事情的發生，狐疑地轉頭張望四周，心裡頓時冒出進退兩難的決定。但我爸是那種豪爽，輕易就可以下決定的人，因此仍舊選擇站上了座臺。他輕輕抓住了佛陀的左臂，以防自己重心不穩掉進池裡。他站起來時和佛陀平高，佛陀彷彿和他對視了一眼，但佛陀實際的視野一直落在了水面。

他想，那對黑暗中的目光很可能來自於佛陀。他連連與佛陀道歉，「我現在只能從祢這裡拿些錢了，以後會還回來的，我保證。」他不敢看佛陀的雙眼，又是低頭，又是雙手合十地對那尊雪花石膏製成的佛陀這樣說道。他雙手瑟瑟發抖，他唯有不落入水裡，才不會讓人發現。他強制自己調整了心態，最後以極其敬重誠懇的姿勢，從佛陀胸前輕輕接過裝著眾生願望的銅缽迅速逃離了佛寺。

銅缽有點沉，由於他在走動時沒聽見錢幣在裡頭叮噹作響，原本加快的腳步開始慢了下來。他把手伸進去摸了一遍，裡頭的硬幣少得可憐，可能只夠他買個四餐就沒了。走在無人的街道上，一陣焦慮向他襲來，他舉起了銅缽，覺得或許拿去典當換點錢也不錯。正當他這麼想的時候，他不知不覺途經了一片草場。草場很黑，由幾根路燈的橘光照出輪廓。他看見這塊草場，便預示了快走到他住所。然而，他停下腳步，站在邊緣看著昏暗不明的球場。他的視線似乎比往常還要來得適應那片黑暗，他的目光聚焦在一處完全黑嚕嚕的角落。那是每片草場他所在的定位，曾經的崗位，也是他活躍過的地方。當他的視線越加適應黑暗時，便越加明朗。

黑夜輪替進了早晨，草地上冰冷的露水滾過了他的小腿，令他背脊發涼起雞皮疙瘩。一顆足球從他頭頂上飛過，驀然看見了醉人的藍天。他已經做足了準備，清晨空氣和清新的泥土飛濺到他的臉上，藍色切爾西的球衣因迎面的晨風緊貼在了他的胸脯上。他血管裡跑動的血液為了追逐一顆球沸騰了起來。他擅自提腳接下了球，腳上的「獵鷹」使他將所有緊張的氣力集中在右腿上，他狠狠地出力擊中閃著光澤的足球，一條足以令觀眾緊張到掉爆米花的弧線，側繞過幾個人頭上飛進了龍門。所有場上的人一致給了他歡呼，歡呼聲湧上了天空。他隨著歡呼聲高高升起，與鷹一同飛翔，上升至飛機的飛行高度上。他因過於高興低下了頭，心頭猛然一驚，從高空重重地落下，就像每個人夜晚都曾做過一次墜落的夢一樣。他落下很久，遲遲未到地面⋯⋯

凍露一樣冰冷，把他召喚回凌晨的街道。我爸站在街道闖入了自己的記憶，記起了他曾經的球星夢。多麼美好！歡呼拋在了腦後，他返回黑暗的草場上。他的夢，早在兩隻不同款式的球鞋還回店裡時已經破滅。他離家時，曾想過等他有天賺到很多錢回去就重新開始練球，這個目標似乎是一個完美的計劃，值得成為一架紙飛機作為夢想飛往美好的雲端去。但他依著情況來看，那架紙飛機如今可能插在了某棵高大讓人爬不上勾不著的樹枝上，或已經落進了一條寬寬鬆鬆臭到令人想哭的大水溝裡。

他看著懷中的銅缽，有了一絲天真的想法，從口袋裡掏出了硬幣，許了一個願望，用比別人更輕鬆的方式丟進缽裡。銅缽發出了聲響，好像對我爸說，它已經收到了，願望會達成。

而我爸認為銅缽必須回到佛陀手上，他的願望才會靈驗。因此，他又將銅缽送回佛寺。由於他迫切想要結束這個送還過程，當他準備爬上蓮花座臺時，因為忘了甩乾腳上的水，他踩滑了座臺上的硬幣，整個人完全倒栽進池裡。銅缽被打翻了，裡頭的硬幣也跟隨掉進了池水。他摔落池後驚魂未定，再回過神時雙手下早已碰到了滿地不知從何年開始就躺在池底的硬幣。那時，他不由得在心裡頭大笑，原來最多錢的地方，是失去願望的地方啊。

原本會迎來更悲慘的結局，被當地的員警以偷竊罪扣押，豈料那聲摔響只引來了一隻黑貓。坐進水池的我爸，抬頭看見了水池邊上的牠。我爸以為是小時候和弟弟餵養的黑貓「水滴」。隨後我爸站起身來將牠抱起，牠在我爸手中掙脫開來準備逃走，但前腳卻爬上我爸的肩膀，後腿掛在了他胸前，並在他耳邊發出呼嚕呼嚕的聲響，像是在愛人的耳畔留下安心的話語。牠毛髮順滑閃亮，不像野貓。我爸用手托住牠的屁股時，很像一名黑道老大身上靜水流深般的一道刺青。

他本來因為夢想破滅，打翻了銅缽，因窮困而感到沮喪失落。但黑貓的到來讓他備感親切。牠對他也毫無任何警覺性，臉上的鬍鬚鬆鬆的掛在嘴邊兩側，擺出一副多年未見，故人再度相逢的樣子。他們的相遇，在一種冰冷神祕的藍色裡。我爸說，整個小鎮和天空很像被一種叫 ultramarine 的水彩顏料，到了小孩手中畫出來的一樣。

我爸看著牠的瞳孔，知道牠並不是以往的「水滴」。因為「水滴」的瞳色是天藍的。這隻的顏色，好像取自於深海中的兩顆水珠子。那兩顆水珠具有特別銳利的穿透性。我爸和牠對視時，被牠深藍色的銳利目光刺中了，那份刺痛感，彷彿是一根木刺穿透過腦後的思想。我爸當下如同一個修行的僧人在禪定中覺悟了，他突然想要一個能夠令他安穩踏實，不會破滅的東西。

寧靜的小鎮就好像安穩踏實，不會破滅的東西。

一隻不合時宜的噪鵲則在下一刻，用著牠宏亮的聲音傳播了牠的思想，人們都聽見了，走到了路上。就是這種清晨裡，一名陌生的女子突如其來地把毛巾遞給了我爸。她說「You can clean it up.（你可以清理一下。）」她指著我爸身上沾染上的藻類和魚穢物。

我爸接過毛巾，用英文答謝她的幫忙。

她身上背著一個大背包，胸前掛了一臺萊卡相機，是自助旅行的背包客典型裝扮。她以為我爸是流浪漢，還遞給他一瓶礦泉水讓他解渴。後來，她在我爸用毛巾清理身體時，拍下了一張黑貓跨過我爸頭上，去到另一個肩頭的瞬間。那張照片，如今和眾多相簿躺在了我父母房間床底下的一個餅乾鐵盒裡。而當時的那名女背包客，如今成為了我媽。

那次相遇後不久他們便決定結婚。隔年，他們生下了我，把我帶回村子給爺爺和阿嬤看。我爸把他在泰國見到那隻黑貓的故事，只講給了他弟弟聽。他告訴弟弟，黑貓有一個名字，叫Chelsea（切爾西）。而我叔叔當時二十一歲，正修讀著馬來亞大學醫學系的生物醫學學位。

我爸的故事在這裡就要做結束，他往後的日子都是些平凡到沒有任何趣味的事情了。我怕我再繼續說下去，你會直接走人。你可能還在疑惑 Chelsea Blue 到底是什麼對不對？

我想你已經在疑惑中猜中不少了，它和那支球隊沒有太多關係。

當然我很抱歉，說了一堆和你一點關係也沒有的故事。如果你還在游移不定 Chelsea Blue 的意思，我只能告訴你，那是一種感覺。雖然我還沒感受到，原因或許是太年輕，但從我父母的相遇中獲知，每個人總有一天會感受到它的到來，至少我是一直這麼相信著的。

老奧爾洛夫

老奧爾洛夫終於獲得了解脫，這是他初次逃出馬場。以往那些騎師及養馬人員在賽後都將他拴在柵欄或賽道上讓他毫無辦法。不過這次不同了，那個矮小又輕如紙片的見習騎師成了他逃離馬場的縫隙。他已經將那個新來的菜鳥騎師遠遠甩在身後，遠離了賽道，沒有人能夠擋住他再次恢復野性的去路。

已經二十三歲的老奧爾洛夫與其他年輕的馬是不一樣的。在他忠厚誠懇的馬臉下潛藏著一顆狡猾的心，他不相信那些虛偽的馴馬師。他們總喜歡在鏡頭前稱自己為「馬語者」，私下卻使用鞭子指導馬兒。偶爾他們柔軟筋力的手感，加上「乖男孩」、「乖女孩」、「愛你」的耳語下，年輕的馬兒就會輕易愛上他們。雖然老奧爾洛夫曾經與他們同樣，但在一場基本訓練結束以後，一套馬鞍套在他身上時，老奧爾洛夫醒覺了。從那之後他伺機而動，在人們面前偽裝了十年的乖孩子，陪他們扮演情人的角色。

現在，他擺脫了，在他前往原野的路上。那些還在成績賽道上互相競奪冠軍的年輕人，如今在他眼裡已然成為可悲的角色。

從磨牙程度上來看，老奧爾洛夫切齒上的黑窩磨滅以後，鐵定經歷過鞭子的歷練，看清了現實，就算他想不留一點遺憾地回歸他的原生地也是有點難的。他有所眷戀，在那個刺鼻熏天的馬廄裡，每夜圍繞在他身旁的年輕栗色雌馬所散發出的初春甜蜜的氣味。他那麼地愛她們，想與她們交配。但是養馬人員是馬廄裡的一切規矩，他們阻止老奧爾洛夫的念想，禁止他成為眾馬的領袖。不過，那並不動搖老奧爾洛夫心中如磐石般穩固的自尊，只因他是一匹常勝馬。從他年輕時，人們在馬鞍底下安加負重鉛塊，他早已知曉，鮮少會有其他的馬兒能夠超越他的地位。每一次的讓磅賽[12]結束後，下一次他身上又會多出比贅肉還重的鉛塊。這是他冠軍的標誌。他清楚知道體內帶有勝利的基因，從不說服自己或懷疑自身能力，天生是一名偉大的勝利家。因此，馱著的負重也不在話下，他身上每一處肌耐力，只要提腿邁前，一下子就抵達了終點，或是比終點更遠的地方。

距離終點，老奧爾洛夫還是有一段路的，四個蹄子在柏油路上噠噠的清澈響亮。他想像前方開展的路將是一片原野，在收進風景的兩側眼睛裡，他得到了一些即將到來的安慰——湖水和大樹，穿過了即抵達一望無際的自由。說實在，這些都是假象，

12 為了讓賽事更刺激，馬匹會背負不同的重量出賽。近似「懲罰」實力較高（評分較高）的馬匹，令馬匹出賽時有更平均的勝出機會。高分的馬匹會用鉛塊加磅，低分的馬匹就有負磅優勢，增加勝出機會。

就算他能夠以人類清晰的雙眼收攏正前方的景色，他也無從判斷自己的未來。在無從得知未來的事情以前，這還是他第一次在賽馬場以外的地方奔跑，湖水與行道樹之間，筆直的柏油路，前方除了平房住宅區以外，頂多還有幾個小市集。如果老奧爾洛夫這時候昂首，他將知道麥斯威爾山[13]並不允許他逃離這座地方。除非他想與山上的山豬爭奪地盤，在窄窄的山路間稱王，那就另當別論。

老奧爾洛夫經過了湖畔，伴隨在鬃毛上的風帶給了晨跑人們一股驚訝。他開始自豪起來，把稍稍覺得累的背挺直了，穩健的腳步準備吸引人們的目光。人們停下了腳步驚嘆他的身姿，束起的陽光把他所感英武的鬃毛染成金色，簡直是匹開了悟的馬。他有所預感，下一秒人們就要足膝跪地迎接和膜拜他了。但是人們沒有那麼做，他們停在原地拿出手機拍下了他，對他進行一場別樣的讚嘆。

這讓老奧爾洛夫更加得意，耳朵煞有興趣地趨向路上的人們。他並未停止輕快的腳步，緩慢地掠過人們的眼前，四隻蹄子在前後隨著自己興奮的心律跳起了一支有力又不失優雅的華爾茲，展示他身上那如同原始洞壁上曾記錄下的宇宙星辰，又或是他曾由衷嚮往的一片洋甘菊花海般包圍著的菊花青被毛。要是他身在其中，他便與花兒同在。每一朵天然精緻，大片大片發出油亮光彩。

人們看他時，如同今早那個見習騎師用手摸他的神情一樣，小心翼翼、深怕毀了留存在石灰岩洞裡六萬年的壁畫。他看出了，人們愛上了他，就算人們得知他不是匹純血的馬，也難以掩蓋得了他那俊美的皮囊和野性的散發。

天曉得這是誰安排的。

交叉道上的一輛車子就在此刻轉角時即將撞上他了。人們的驚愕，率先從一名晨跑的女子尖叫聲中發出，接著所有事情就發生在一瞬間。那臺車子急急地鳴起笛聲剎車，而老奧爾洛夫並沒受到任何驚嚇，像從未發生過任何事地離開。車主鐵青著臉，他應該還不知道眼前竄過了什麼鬼東西。他慌忙下車查看，滑稽的蹲姿讓他看起來好像還沒睡醒。路人拍了拍胸口和「幸好沒有撞到」的表情，圍觀起那臺車，指責這名曾在午夜黑布隆冬的鄉間小路上開車時不小心撞到牛的可憐車主。

路上的車子和摩托車維持著行駛速度，跟在老奧爾洛夫的身後，像駕訓班的新手第一次開車上路，遲遲沒有超越他，看起來也像給他護衛，有種國王出巡的儀仗。

一定是這樣！這些拼湊出來的機械怎麼能夠追得上我的腳步呢？

13 拉律山的別稱。

沒有東西可以越過他。他仰起長長的頭部和屁股，尾巴神氣似的翹了起來。就算早在遙遠前頭等著他的河流和茅草叢，他也不允許它們早先立在他的前端。虛榮心正逼迫著他超越那一切。

現在，他得到人們的愛戴，目標遠不止於此，他帶來的風掠過了野草的露水，同時掠過他俊美皮囊下隱藏的大志向。歲月雖使他成為老驥，但他的步伐仍舊年輕，顯眼的雪色鬃毛在日頭剛離開山邊時，穿過了雨樹冠層的林蔭隧道，去了河邊，馬路被三三兩兩黏在一塊的平房包夾，他以一種從未在賽場使過的行進速度奔離出去，彷彿逃命。事後，他如此覺得，那的確是場逃亡。

騎士的哈雷摩托後座載著今早見過面的見習騎師韓沙。哈雷摩托發出野獸陰沉低吼的引擎聲，巨大的威脅超過了老奧爾洛夫的速度。

為何你會出現在這裡！

他睜大的馬眼露出了一圈眼白。想必是驚慌了，顧不上即將被哈雷摩托超越的現實。他緊張得唇部的肌肉開始繃緊，使之發出一種低鳴的噴氣聲恐嚇對方。

韓沙指引著騎士接近老奧爾洛夫身上在風中飄蕩的韁繩，好讓自己可以馴服他。

而韓沙的意圖始終過於明顯，讓老奧爾洛夫不得不做出應對。他開始放慢了步伐，停在他們前方不遠處路口的一根電燈柱下原地踏步。

「太好了，這傢伙終於停下了。」韓沙說，「不能嚇跑牠，你等等停在前方吧，也把引擎熄了。我過去安撫牠。」他給騎士指示了離電燈柱不遠的樹下可以停靠。

韓沙從後座下來，他的姿勢早已習慣成一種流暢下馬時的後跨。他往老奧爾洛夫的視野慢慢走近，給他一點聲響，讓他看見他，熟悉騎師的友善。

老奧爾洛夫目測丈量了韓沙與那臺哈雷摩托的距離，有必要讓韓沙離得越近越好。沒等韓沙接近轡繩，他已經拔腿開逃，跑出了平房包夾的那條道路。

該死，又給逃掉。韓沙很想大聲罵出來，卻只能在心中抱怨。他迅速回到摩托車後座。他絕不能放跑老奧爾洛夫，他可是害怕賽馬會吊銷了他的騎師執照。

引擎再次發動，騎士和韓沙往老奧爾洛夫逃走的方向追去。

麥斯威爾山脈在老奧爾洛夫眼裡越發巨大，就算他有一對強大的肺，他的心也快被後方的追兵和前方的牢籠壓迫得喘不過氣，他開始懷疑天空捕獵的鷹會不會是騎師或賽馬會派來的監視者，否則騎師怎麼能夠輕易得以追蹤到他。

他甚至開始疑惑：那會不會是更上一層的，某種創造了我，創造了人類，創造了這座山脈的物種所派來的監視？他會不會才是賽馬會的幕後主使者？他想禁錮我，剝奪我這短暫的自由，讓我餘生和那些年輕的馬兒一樣失去天性，困在賽道裡與他們共同體會虛假的自由。

哈雷摩托的引擎聲像幽魂一樣再度追趕上他。他採用了剛才同樣的方式吸引韓沙上鉤，等韓沙下車離開摩托車後，趁他走近時又再度逃跑。

「喂！男孩，快回來，不要再跑了。」韓沙忍不住朝前方的老奧爾洛夫呼叫。

給我聽好了，人類。我是男人，不是小孩。還有，拜託，放了我吧。老奧爾洛夫很想這麼說，但他無法，原因很簡單，因為他是馬。就算可以與人類試著交談，人類也不會還他一個自由之身的吧。他那麼死纏爛打，窮追不捨，他怎麼可能允許馬場的馬兒擁有身體自主權呢？天啊，自由還要被人允許，這不是所有物種都配享有的基本權利嗎？

低吼的引擎聲逐漸接近他，他無論如何也擺脫不了韓沙了。他不會承認這些機械有跟他一較高下的資格，這起逃亡最致命的反而是韓沙給出的指引。他覺得自己將要被韓沙帶回到馬廄裡，繼續和那群年輕的馬兒一起共存，與他們一同競奪成為世界名駒。雖然那並沒什麼不好，人們的視線也會與往日相同，熾熱地看他比賽，賽後以熱切的歡呼聲目送他，讚嘆他的各種美，說他是瑰寶，是冬宮廣場上遺留下來的第一場雪。

只是，這些讚譽和眼神已經滿足不了他。自從他惦念起幼年逗留過的另一間馬場外頭的草地開始，他尋獲了某種假想性的目標，值得讓他傾盡所有去尋找遼闊無垠的草原。也許在他腦海裡也曾出現過這樣的畫面，在原野上成為馬群的領袖，統領他們脫逃各種危險；擁有眾多伴侶為他生下子嗣；年老之時收到年輕人的挑戰，而他必然會有決鬥失敗的一天，從領袖位置退居下來與平凡的老馬無異。屆時他必須為他的餘生做出抉擇，是臣服，或是孤獨。

不，他現在就得面臨這種抉擇。

伴隨著哈雷摩托的速度，韓沙在旁拉住他的轡繩，讓他減速、停下。韓沙緊緊抓住轡繩從後座躍下，轉過身俐落上馬，為的就是快速穩住這匹整天想著逃脫的狡猾傢伙。

老奧爾洛夫就是這樣的傢伙，他不想再度落入誰的手裡成為奴隸或競賽道具，故意裝成不曾受過訓練的野生烈馬。哪怕一有機會，韓沙騎在他身上，他也要前肢躍起，後肢蹬踢地將他甩下。

然而在韓沙眼裡，老奧爾洛夫只不過是個小孩得不到玩具般坐在地上撒氣大哭的行為罷了。韓沙只需夾夾腿，三兩下拉住韁繩控制他的舉動，穩住自己即可，整個人像黏在馬鞍上，像與老奧爾洛夫成為一體，宛如公園裡的紀念銅像。

感受到騷動的路人，好像身處在馬戲團裡，給了韓沙與老奧爾洛夫的演出熱烈掌聲。騎士更是豎起拇指，給了韓沙一句「Bravo」後，騎著他的重機離開。

掌聲中不含慈悲，老奧爾洛夫的自尊直接被擊碎。他徹底絕望，韓沙竟然比自己更受人們歡迎。那時，他似乎聽見一聲轟然幽深的聲響爆發開來，好像眼前的麥斯威爾山脈崩塌了，又好像魚唇邊的泡沫破滅了。他很想對人們大喊：就算我被馬場困住，天空一樣會困住大地，大地一樣會困住馬場，困住你們的肉體，肉體也隨之困住你們的靈魂，我們一個都別想逃出去！

靈魂困在了肉體裡？

他怎麼就忘了呢，人類自己也沒能逃出去呀。可是為什麼他們總是興致高昂，傲視萬物呢？還是他們根本沒有靈魂？他為自己領悟到這個道理的遲緩感到發愁與悲哀。既然無法完善目標，倒不如大家一起失去自由困在肉體裡出不去吧！

他激憤，同時開始自暴自棄。他感受到身體自主權和生命，譬如陽光下的朝露迎來消失。

這場為自由出逃的經歷，簡直是與馬場租借來的，一個早晨後就還了回去。

好短暫。

他覺得遺憾，他應該帶著一眾雌馬出來閱歷一番的。

他不在馬廄的這段期間，那眾雌馬想必正與隔壁棚野心勃勃想要成為領袖的「靈魂爆發」交頸相靡了吧。年輕的馬兒必定還以為馬場就是世界的中心吧？他們會為勝利所負上的鉛塊視作為一種最高的褒獎吧？那麼，競賽排行在他們一生恐怕是最具意義和非凡的吧？

如今看來，這一趟閱歷竟使他成了真正的孤獨。他終將與眾馬意見相斥，賽場上還要與韓沙相互配合。為了合作無間，韓沙大概會使出不真誠的手段馴服他的吧。失去最自然的原始慾望，鉛塊最終也只能是他勝利的囚服。他想通了，他如今唯有等待，等待離開這副軀體的時機到來。屆時，他的靈魂也將脫掉四腳著地的皮囊。也許在遠去皮囊的下一刻，他會突然有所惦記，甚至會不捨地目送走它。到那時，就再也不會有人阻止他去往更遠的原野。

這時，韓沙摸了他的鬃毛，他從未感受過如此輕柔真誠的愛撫，彷彿韓沙知曉他一擁而上的情緒與決心。他從背上感受到韓沙的重心微微前傾，隨後伴隨著一點風聲，他清晰聽見了韓沙輕盈的口吻，對著他說：「你真的很健康呢。」

回程的路途，韓沙十分享受老奧爾洛夫的步伐，時不時用撫平地毯的力度順他的被毛。而老奧爾洛夫的視線在頭的兩側悠揚，步伐和今晨出逃時一樣，特別地甘願和輕快。

一顆完美的蛋到底要煮多久

她出生了，在一九六九年的五月，馬來半島中部州屬的海上漁村，一間由木板組裝搭建成的兩平方公尺的小房間裡出世。她出生的時機有些不合時宜，那是個註定種族走向分歧，窮人與少數族群被官僚資本主義剝削的年代，父親在她出世前死去，母親又因她難產而亡，收養她的是漁村裡還俗的老尼姑。她日後所喜的愛好，也因日據之後遺留的創傷，而遭村人非議。

十七歲時，她離開漁村，獨自搭客運北上檳城討生活。那個年代，青少年輟學是常有的事，她也不例外，但唯一例外是，那年代的人們擁抱純樸，騙子少有，而她卻利用這點，時常伙同朋友詐騙外地來的人們。不過，也終有金盆洗手的時候。幹過幾票大的之後，就與合伙人分道揚鑣了。畢竟，詐騙一途並非是生存在這世界的唯一一條長久之路。所以，她意識到這點之後，什麼樣性質的工作她都碰一下，擔當過導遊、保姆、花店工、洗碗工、縫紉工，做過那種 kopitiam[14] 包攬工廠伙食的工作，也曾在汽車零件工廠擔任過螺絲流水線工人，每日需要早起乘搭渡輪來回檳島威省兩岸。但那份工作實在過於累人，沒到兩個月便離職。

後來，她找到一份與自己興趣相當匹配，也適合她年齡的工作。那是一家晚點時間營業專門賣酒的 kopitiam，裡頭有一個搭建起來的小舞臺，她的工作就是站在舞臺上演唱，娛樂臺下吃飯喝酒的聽眾。一個晚上下來的薪資，得看是新人或舊人和觀眾互動的熱烈程度。有一次，當她帶起新人，為對方解釋觀眾的熱烈程度時，她將這個直接稱之為對歌手在臺上的「挽留度」。至於如何判別聽眾的挽留度，那當屬於熱烈的掌聲和歡呼，還有鮮花了。不過，觀眾的挽留度高，並不能代表那名歌手的唱功實力，有些僅僅只是穿著打扮火辣，恃著五官姣好身材曼妙的優勢，就能輕而易舉地圈起一票「特殊」觀眾。假如還具備好歌喉更能為自己增色不少，如此一飛沖天的，在那種地方大有人在。她自覺自己沒有好的身材，但長得也不算難看，有一副好的歌喉，所以首場演唱時，收穫了不少掌聲。她記得那晚首唱，一連唱了三首劉文正和王夢麟的民歌，儘管首唱是緊張的，但當第二首音樂響起時，她已將這個舞臺當作在房間般放聲高歌了。

在那個舞臺上，她是優秀的，新人之中算是名列前茅，數一數二的，一個星期後，她受歡迎的程度就像古時的花魁那樣，許多聽眾肯對她遞出寫上歌名的紙條，希望她獻唱。讓她成功的，除了唱功之外，還有她那過去聽過的和練習過的不少歌曲，所積累出深不見底的歌曲量。聽眾所點的冷門歌曲，幾乎都能應付過來，很快她水漲船高，薪水增多不少，讓她可以勉強度日。白天時，她仍需要兼職其他工作，夜晚她便輾轉到幾間不同 kopitiam 的臺上歌唱賺錢。三個月後，名氣已經在歌友圈中傳播開來，她已然蛻變成不再是用來炒熱場子的歌手了。

大概在登臺歌唱的第二年，舞臺下經常受刺眼霓虹掃過的人群中，悄然多了一名叫「老巴」的客人，他每晚總到小販中心來點歌，特別點名要求她唱。而且他點的都是些日本演歌，完全存在測試，或者說挑釁她歌曲庫的意味在。當然，她也是高興的，難得有人和她同樣對演歌有所喜愛，那她唱一唱又有何妨呢？但她顧慮到人們會不會像她以前住過的漁村那樣，對關於日本的任何事物感到排斥。於是，首次演唱日本演歌時她戰戰兢兢，深怕自己演唱一半遭到臺下的聽眾潑酒或扔酒瓶。事實上，她多慮了。她應該對人的純樸與開放更信任些。那晚，並沒有任何聽眾做出傷害她的事。相反，她更被聽眾所喜愛，或許是因為本地很少歌手演唱日本演歌的緣故，哀婉的曲調有時像她朋友從國外寄給她看的照片——路燈下的瀟瀟細雨。至少，她認為正是這個原因更觸動了聽眾和她自己。

那天之後，她開始對那個叫「老巴」的客人產生興趣。有一次，她在臺上忍不住透過麥克風，用調侃的語氣，詢問他可否走到臺前為她獻花，試圖用這種手法把他釣出來。她看著底下圍簇臺前的一群老 uncle 爭相給她獻花，有幾個還舉手說自己就是那個「老巴」，但當她問這些人為什麼聽日本演歌時，他們都給不出一個合理的理由。

她知道，她失敗了。

在她意興闌珊走下舞臺不久，一名穿著灰色西裝，梳著油頭，打了個歪七扭八的領帶的年輕男人，正站在後臺捧著一束白百合等待著她。

她指著對方問，「你就是老巴？」

他回答說，是。然後，問她餓不餓？

她說，一點點。

接著，他們就出現在了宵夜時分的安順路，一檔賣著經濟米粉的攤子邊上。他們簡單地認識了彼此。對方姓白，沒有透露過多的個人資訊。從外觀來看，估計對方年長她十來歲，大概介於三十二到三十五歲之間。可能是上班族？像這種娛樂性質的 kopitiam，下班後過來喝酒聽歌的上班族多了去了。當他們聊到為什麼會被日本演歌所吸引時，他們不約而同地都認為日本演歌的曲風是細膩纏綿的，歌詞是哀婉的，被其深深吸引。她是喜歡山口百惠、中島美雪和五輪真弓，而他則喜歡那個時期因為一首〈初戀〉竄紅的村下孝藏，還有佐藤宗幸和玉置浩二。說著之時他像是助興般，還小聲唱起了一小段佐藤宗幸的〈青葉城戀歌〉。

「比起這首歌，大家更熟悉的是費玉清的〈永遠只有你〉。」他說。

她點頭同意。

這讓他們交談甚歡，每每談及他們有多喜愛日本歌曲時，兩人眼中閃爍有光，卻因找不到更多詞彙來形容，使得雙方幾度陷入語塞，搞得雙方邊吃米粉邊大笑出來，最後他還因此從鼻孔中嗆出了米粉。

以第一次見面來說，他的外表不像穿著正裝時那般嚴肅，確實給她留下了平易近人的印象。有次她問到為什麼他匿名點歌時要叫「老巴」，他給出的回答是，因為朋友都叫他「老白」，然後「白」在福建話裡與「爸（pē）」同音，又因為讓非親非故的人稱呼他「老爸」，又感覺不恰當，於是他把上頭的「父」去掉，縮寫成了「巴」，因此而得名。

「是個有趣的人。」自那之後，她與他交談，都會產生這種想法。就這樣，他算是成功吸引住了她的注意力。她一週的演唱日程，不管到哪家小販中心唱歌，他定會捧場，總是選坐在臺下顯眼的一桌喝酒和傳紙條點歌。有時和朋友一起，有時他孤單一人，偶有遲到，但從不缺席。每晚特意等她壓軸結束，走下舞臺後，主動對她提出邀約去一些地方，有時候宵夜，或者到舊關仔角海邊散心，週末的中午到聯邦戲院看電影。結束之後，送她返回她的租屋處。大概一個月後，他們在一起了。這個所謂的「一起」，她是從他們在某個晚間散步至一棵大榕樹下，掩著樹影和晴朗的夜色接吻開始算起的。她認為這就是一種確立關係的表態，鐵一樣的了，再也切不斷。

而時間經過了兩個月，一九八七年十月的某個早晨，滿城突然掀起謠言的風暴，比一九六九年五月那時傳得更快，更可怕。「以華人的鮮血洗馬來人短劍」的橫幅標語，還有巫青團的團長舉著馬來短劍像是宣誓般的照片出現在了報章上。一些從吉隆坡北上的人們說，許多國外的商人開始撤資，各地的反華意識逐步高漲，首都的馬來士兵也已開始槍殺華人。這件事，後來在晚報時也獲得了證實。他擔心過去的歷史，再次上演。於是，詢問她是否能去他家裡暫住一段時間，這樣彼此有個照應。

她答應了。

當晚，他把她接到他家去。他家是排屋，位在華人社區的中心。如果真的發生了什麼，至少社區的華人能組建自衛隊保護好社區的安寧。以當時的情況來看，這是他預防變故的最佳方案了。另外，他也在下午外出採購了一週的糧食。她也認為這樣並無不妥，所以進了家門後，她向他借了電話打回漁村報平安，叮囑老尼姑萬事小心，門窗時刻要關好。

隔天，他貼出暫停營運珠寶加工廠兩週的公告，計劃等風頭過了再開。那家珠寶加工廠規模不大，位在柑仔園路附近，是他前幾年才成立的，高層都是他的親戚，他是這麼對她說的。一年前，他買下了這間單層排屋，裡頭珍藏一些他委託熟客從臺灣、香港和日本帶回來的黑膠唱片，每張唱片安置在茶几旁的紫檀櫃子中，像圖書館的書本般張張立起，以唱片的來源地臺、港、日依序排列。每當他想聽歌就會從中挑選，從保護套中取出唱片放到唱機上，輕輕撥下拉桿移動唱臂，最後唱針與唱片的凹槽相互觸碰時，緩緩轉動的唱盤、微微起伏的唱片，讓他們情不自禁牽起手共舞幾曲，短暫忘卻這場人人自危的風暴，而那股簡易的美好，恰似朵紅色薔薇般緩緩在那個午後的空間中綻放開來。

兩週之後，他們的生活像每對新婚夫婦般膩在一起。由於外界的不安全，這段日子他們鮮少出門，都以室內活動為主。上午時，她特別給他準備了燙半熟蛋和 kaya[15]

烤麵包的日常套餐。對於不同的人，針對這個套餐會有不同的吃法，有人選擇先從烤麵包入口，有人則選擇單獨先喝蛋液，他則喜歡用烤麵包撈勻著半熟蛋液一起吃，吃完再配一杯milo[16]或kopi O。下午他們會聽歌，有時她藉此練唱。傍晚時，輪到他為她準備晚餐。從飯桌延續到飯後，兩人坐在門外聊起他們過去的經歷。臨睡前，經常冷不丁在親吻完對方後，突然追加一場以放鬆為由的性愛，畢竟他們仍置身於政治風波的肅殺氛圍，神經總是緊繃著，而且那幾天政府正加大力度抓捕反對派人士，顯然政府高層早已擁有一份人物逮捕清單。

然而，兩天之後，某個女人突然出現在老巴家門口。那個女人長得像林憶蓮，氣質尤其特別像，姿態優雅，舉止也得體，看得出是個有識之人。恰逢老巴在工廠上班，最後這個女人就由她接待了。

女人說，她原本是這個家的女主人。後來，因為與老巴有著不可化解的間隙，早在幾個月前就離了婚。

15 咖央醬。一種以椰漿和雞蛋烹製而成的甜麵包抹醬。

16 美祿。

她感到驚訝。相處的這幾個月，從沒聽過他說起這些事。後來她想，也對，這種事情他怎麼會輕易說出口？他要是說了，她可能就跑了。說不定他想開始一段新的生活呢？人有時候會為了重新開始一段新旅程，而不願再次提起過去的事。雖然有些人會是故意的，但也許某一部分人則是在逃避。而她更願意相信他是屬於後者。

女人繼續說，她的父親是華團公會的領袖，昨晚被政府以煽動民眾示威遊行的名義給逮捕了。她這次來找老巴，不為其他，為的只是從他那裡找到門路救她父親。

她問那個女人，老巴會有什麼門路？

女人回答說，他的大客戶是些達官貴人，總會有辦法的。她看了看周圍，又從上到下打量她一番後說，「既然他不在，就勞妳替我轉達。」說完，她轉身像椰樹在風中婆娑的背影，消失在了社區路口。

十年後的某個夜晚，當她躺在床上弓起雙腳回想時，她憶起女人來過的那個下午之後，許多事情彷彿發生了天翻地覆的變化。她已經忘了是什麼因素所導致，明明她並不在意他隱瞞離婚的事，但那一晚她敢肯定在整個溝通過程當中，某個細節處理上出現了紕漏，最終演變成她甩了一巴掌給他後，離他而去。兩週後，政治風波逐漸趨向平緩，她重新登臺歌唱時，就再也沒見過他出現。「這樣也好，往後的日子還很長。」她如此說服自己。她以為一切都將回歸到幾個月前的生活狀態，他的出現只不過是曠野中生長出的一朵雛菊，她只是剛好經過時駐足了一陣子留意他，不至於對她日後的生活產生巨大影響。所以，作為句點開始一段新的生活，不會有多大問題。

可是，就在某個清晨，她剛下床那會兒準備刷牙時，卻突然感受到身體向她發出一系列異常的信號。她說不上來，只感覺胸部發脹，下腹隱隱作痛，完全就是每月例假來臨的前兆，但從某些感覺和過往經驗來判斷，仍有所區別，比方，皮膚明顯變得乾燥了。還有一個她可以肯定的點，就在她下腹之中，可以感受到子宮正隱隱發力，形似擴張。但那也可能是這次經期相較於過往有所偏差的一次感受而已，她當時是這麼想的，並沒有過多在意，當然讓她沒有多想的原因也在她脫下褲子後，內褲上遺留的那點經血。可事情終究是出乎她的意料之外，幾週下來，換洗的衛生巾上並沒有一點血跡。據她推算經期來潮的時間，已經晚了許多天，她有所預感某件事情將要發生。

於是，她鼓起勇氣去了醫院檢查，結果出爐，她懷孕了。得知的當下，她心中一揪，隨後排山倒海的驚慌開始大舉壓境。她明明還那麼年輕，剛踏入十八歲，就要開始做單親媽媽嗎？她亂了方寸，滿腦子只有一個念想，就是告訴老巴她已經懷孕了。

考慮到自己未婚懷孕這件事，她就心急如焚。要求他負責她與胎兒的往後餘生，這點應該不過分的吧？況且，他們本來發生的衝突很小，小到連她自己都忘了是什麼原因所導致的。對方不來看她，說不定只是介意她給的那一巴掌。她真心希望回到那片曠野找尋他時，他依舊佇立在原地等她。於是，她懷著希冀走到他家門口。那只是個再普通不過的假日，無風也無雲，他並不在家，她便守在他家門口至傍晚，一輛灰色國產的 Proton Saga 從社區路口緩緩開了進來，她認出了那是他的車。車子開進了排屋後巷停下，接著她看見他身旁多了一個女人挽著他的手，兩人有說有笑彷彿昔日的他們一同走向家門。她這才驚覺自己是多麼天真愚蠢，原來自己不是什麼旅人，她才是那朵開在曠野中的雛菊。她不該來的，也不該出現在那種地方，心裡萌生的懊悔不停責備著她，逼迫她趕緊離開。當時，天色已然昏暗，路燈尚未亮起，趁著對方還沒留意到自己時，她逃之夭夭了，像是電視中無人注意到一幀跳動的幻影般，她悄然消失在那片已經不屬於她的社區。

她已經沒有理由留下孩子，知道把孩子生下，後邊將要面對的問題是連帶著一系列接踵而來的。不管身在何時何地都會有人不經意地突然向她問起，關於孩子的父親是個怎樣的人。如果她老實回答那些問題，那她最後一定被人們在私下的餐桌前非議成一個不檢點的女人。

要是成為一名單親媽媽，屆時孩子長大了，對於父親的概念將會是模糊的，求學期間面對同學的質問，那個孩子同樣也會拿著這件事情來質問她的，就像她小時候曾經問過老尼姑的問題一樣，她的生父生母去了哪裡。

她要如何向孩子解釋？

她沒有答案。

應該盡早下定決心把胎兒墮掉。

但在這個國家，墮胎是犯法的。她從一名與她同臺的歌女那裡獲知了這件事。「在這個行業裡，沒什麼可恥的。」那個同事笑著跟她說，並給她介紹了她曾光顧過的一家黑市醫生的地址，最後還好心告訴她，術後不會留疤。

時至今日，她仍非常記得，黑市醫生的住址與她所住的地方有一段不近亦不遠的距離，她所搭的巴士必須到光大總站轉乘才能抵達。不知道是午後的悶熱，加上巴士空間狹窄的壓迫感，那日的她一直心神不寧，也許是害怕初次進行手術，又或許是對於手術拿走腹中之肉的決定，產生了愧疚感。那個午後，她覺得整段路程十分漫長且煎熬，彷彿自己的人生已經走了四十年，正面臨著一次可怕的中年危機。她感到委屈，心中不停抱怨，為什麼這些事情非得由她承擔不可，她捂住自己那消瘦的臉頰幾度哽咽，差點在車上哭了出來，幸好當時巴士停靠她下站的地點。但就算如此，她還必須走上一段路，進入一片華麗的富人園區，才能抵達黑市醫生的家。這段步行的路程，她心情好了不少，經過前方一間印度廟時，熱鬧的門口擋住了她的去路。

「啊，辦著婚禮。」

她站在附近的行道樹下好幾分鐘，樹的陰影給她蓋上一層頭紗，五點的陽光照過她的半邊臉頰，她彷彿感覺到自己已然變得蒼老。她看見遠處那對印度新人在廟中央弓起身姿親吻父母雙腳，男方為女方的第二根腳趾穿上腳戒，隨後獲得眾人給予祝福的花環。

命運彷彿在捉弄著她呢，她本想直接戳破眼前的美好景象，對著這些人抱怨一番。但接下來所發生的事，將讓她推翻前一晚所做的決定，從此她走上了不同的道路。那時，一陣濃厚且略為嗆鼻的辛香料氣味從印度廟旁開放式的臨時廚房經過了她的鼻尖。確實，她聞到香氣後感覺到餓了。煮食的人們，正抬著兩頭去了皮的小羊準備進行醃製，那兩頭小羊靜靜地坐在凹凸不平的料理盤上，等待著人們給它們抹上一層紅色辣椒粉和咖哩葉。當時，她正在那臨時廚房外，佔據了一席不礙事卻相對近距離的位置，看著那些印度廚師為這對新人準備晚宴的食物：紅花的色素染黃原本白色的水煮蛋，由黃薑、酸奶、蒜頭、辣椒醃製的全雞和鵪鶉肉正被人們推下鍋油炸，撈起。

這些備好的食材，將會組合成一道料理。她從沒見過如此的料理形式，先是一顆蛋放入了炸好的鵪鶉肉內，接著身藏雞蛋的鵪鶉肉再塞入全雞，最後再將套了娃的全雞再一隻隻填滿小羊體內，人們將羊肉身上的缺口縫起來，嚴防任何洩露，紅色的小羊被人們安頓在鋪滿細長香米的蒸盤上。就在人們抬起蒸盤的一瞬間，不知是不是背光的緣故使她眼花，那兩隻原本任人擺弄毫無生氣的小羊突然生動地站起身來，一同緩步走入那口蒸鍋之中。

儘管那一刻她肯定知道那是錯覺，甚至覺得那可能是一場夢。但她似乎驚覺到有不得了的事情在她的思想中生長出來。她雖不能確定究竟發生了什麼變化，但卻意識到某件微不足道且偉大的事業正在她體內慢速舒展開來。散發著暖意的雞蛋被放入鵪鶉肉內，像極了陰莖插入陰道裡：這世上，人的人生皆起源於母親體內的子宮，這些生命之力量總是急不可耐地由內向外膨脹生長，脫離子宮後逐步成為獨立個體，最後走向崩毀。世間的規律如此這般，而這道料理形式堪稱復原了個體回歸子宮的一個逆向工程。

那孩子與她是世間的一體，也是世間的一環。

那個下午，在命運的巧合下，她想通了，按下墮胎的決定。她經過一番心緒梳理，大概一週後，她徹底打消拿掉孩子的念頭。她的決心，並不是從老巴那裡獲得幫助，或尋求另一個男人結下一段婚姻來解決這事。她想獨自撫養孩子，未來要面對的即是各種單親家庭問題的衝擊。比方，一直困擾她的報生紙問題，紙上的父親欄目裡是否該填寫老巴的名字？或者由老巴親自簽字？但那勢必得告知對方事情的始末，可她不願意，她已決意不再見他了，雖然某種意義上有一點逃避的成分在，但那又何妨呢？

結果，直到孩子出生前，關於報生紙的問題，她始終找不到解決方案。然而，在孩子出生不久後，依著醫院開出的出生證明到登記局處理報生紙的問題時，她發現相關部門的人員對於這些事務的處理沒有嚴格的硬性要求，甚至連條規明細上需要的資料有所欠缺也同樣可以過關。她僅僅只是在表單上填寫自己的名字和自身資料，父親的姓名與結婚日都沒填上，就批准過關了。

孩子的報生紙上，一出生便沒有父親，跟的是她的姓，姓陳。「陳」是大姓，儘管她經常能夠在人前蒙混過關，說孩子的父親同樣姓陳。但關於父親的問題，孩子長大後，終究還是會問的。第一次，在剛入小學時許多手續表單上需要填寫監護人資料，於是他懵懵懂懂地提問了這個問題。當時她只告訴他，父親不在了，並向老師說明將由她代理。於是，那次僥倖通過了。

第二次，孩子進入了中學的叛逆階段。那是距今十年的某個夜裡，因為接到學校訓導處的通知，得知孩子逃課荒廢學業的問題，與孩子發生了激烈的爭吵。平日裡，她早上到花店上班，晚上在庇能律的一家日式料理店裡當斟酒服務員，週末晚上就會到樂齡中心當唱歌班的老師，收費雖少，卻也為枯燥乏味的生活添點樂趣。但正因為這樣的工作方式，一不小心成為了兩人的導火線，一人身兼多職，努力維持著家庭經濟來源的她，疏於對孩子的照顧，最終把問題全怪在孩子的不懂事。於是，久經積累的問題爆發了。

作為一種反抗，他向她頂嘴了。

最後，在他準備大力關上房門前，他對她吼道：「如果再多一個人教育我，也不至於像現在這樣！」

這句話，完全戳中了她的軟肋，彷彿將她多年來的努力說成白費。她知道孩子責怪她絕口不提生父的事，不管是去向，還是過往經歷，一切的一切都從來沒向他談起。事實上，他確實也是耿直懂事的孩子，從小便壓抑自己的好奇，鮮少過問生父的去向，難怪隱藏的積怨最終爆發。她沒有給孩子的那句話做出任何回應或過多的解釋，留待那晚的，只有眼前空蕩蕩的客廳，和那顆被荒涼徹底洗劫過的心。

然而，關於老巴的去向，她也是在幾年之後才得知消息的。一個來自於老巴的珠寶加工廠的前員工有天向她談起，她才獲知早在孩子出生後的第二年，老巴出差到中國評估當地珠寶行業的市場，考慮到具有一定的潛能，原本想去那裡設廠，卻沒想到期間遇上白雲機場的劫機事件，當時他身處地面上的一架客機中，受到牽連後成為了事件的罹難者之一。最後，聽說連他原本的加工廠也易主了。

有時候，當她點開一首熟悉的演歌時，就會想起多年前的對方。雖說他們的人生早已錯開，甚至覺得他倆早已步入了平行時空，面對著的事情也不盡相同，但作為一個曾經關係一度如此親密的人，聽見他從此消失在這個世界上，心中也有不小的悸動。那幾年裡她根本就沒想過去見他，多數時間都顧上了許多生活瑣碎的事，哪還有心力去搭理老巴的事呢？偶然，也只有在夜深人靜之時，才會沒來由地想起對方。二十多年來，那樣的情況大概也就五至六次吧。而最近的一回，就發生在半年前一個清晨準備睡醒之際，她迷糊的意識突然從上一場夢掉落至某一次與老巴的性愛前戲回憶上。這是少見的，因為她不是一個性慾特別強的女人，像這種介於意識與潛意識之間的浮動記憶中所產生的性愛場景，她也是首次遇見。但她依稀記起了老巴似乎總是喜歡將整張臉埋進她雙腿間的陰部，像是帶著某種強烈的特殊情緒般，渴望投身回到那個最初的世界去。她曾掃興地問過他這是為什麼，年過三十的他像個孩子般從她雙腿之間探出了頭，以一種從未表露過的茫然眼神向她說道，「大概，這裡是世界上再也找不到的最溫暖的地方了吧。」

她忘了她是怎麼回應他的。

但她承認，看見那張罕見的表情後，她對他產生了憐愛。即便在夢裡，她也泛起了一圈漣漪。不過也就一圈，畢竟他生前所渴求的「溫暖之地」對他來說，應該多的是。

如今，孩子已經二十四歲，上個月一家深圳公司給了他很好的 offer，他接受了，明天之後他即將到國外工作。這天早晨，他起得很早，她為他弄了兩顆半熟蛋作早餐。他坐在餐桌前，呆呆望著容器內的兩顆雞蛋冒泡，盼望著雞蛋在沸點一百的熱水裡快速達到介於液體與半凝固的狀態。

突然，他發出一句哼聲，向她提問。

「媽，這要煮多久？」

她泡著 milo 說，「六分鐘這樣吧。」

為了確認，他繼續追問，「冷藏的蛋六分鐘嗎？」

她遞給他一杯 milo 後，發出一聲嗯。

「那室溫的咧？」他繼續說。

她抬起頭望向他，有那麼一瞬間孩子等待雞蛋漸熟的模樣，讓她想起了老巴，想起了他也曾問過同樣的問題。當時，她的回答是三分鐘。那是敲裂蛋殼後落入碗中，伴隨著完美半凝固狀的呈現，又有誰能抗拒得了蛋黃在被戳破後的流體形態？這是她煮半熟蛋經驗累積得來的總結：少一分不能凝固，多一分會失去口感。

「三分鐘絕對是煮半熟蛋的定律。」她說。

「那現在好了沒？」他問。

她發出了一聲短暫急促的「啊」。然後說，「我忘記算時間了。」

「啊——媽，這肯定變硬變難吃了。」他嘴巴做出抱怨的聲響。

她看了看時間，說「應該可以了。」

不過，她有預感，這兩顆蛋不會好到哪裡。

敲開之後，就如她所預料般，那兩顆蛋的蛋黃雖然是流心的，但外層的蛋白早已凝固結實，已成了不折不扣的溏心蛋。他再次向她發出哀怨的聲音，但她卻給剝好的蛋加上了些許胡椒粉和幾滴醬油，然後將那兩顆像白釉瓷器般的蛋擺到他面前說，「過熟了一樣能吃啦！」

他吃下了，不再抱怨。

反而還說出，以後在外地工作，他也可以給自己這樣子煮蛋。

聽後，她很滿意，甚至覺得這是種驕傲。曾經從她腹中掙扎出去的生命力量，如今已經準備朝向更遠的地方成長去了。她覺得一切都已經成熟了，打算於今晚就向他和盤托出，告訴他生父的事。他已經擁有獨立的思想能夠判斷她這些年來所隱藏的真相，就像雞蛋終究是得破殼的，只是真相取決於出來的是雞仔，或是半熟蛋而已。

沙壇城

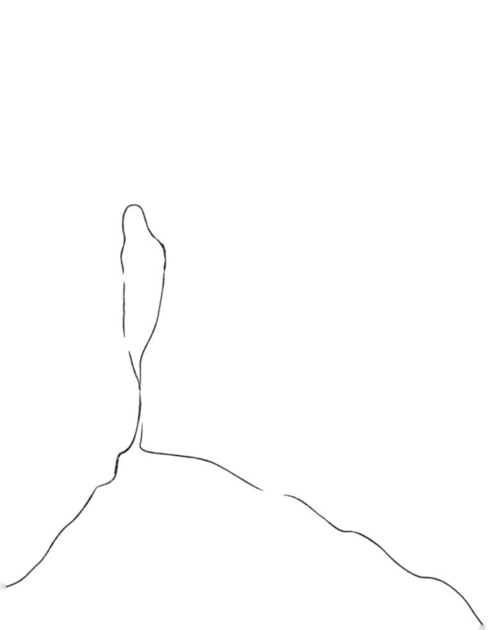

——

他們沒事總會在酒館內圍坐一圈說自己的故事。賴瑞最近也逐漸記起某些事，作為這裡新來的幽魂，他必須坐在其中的位子上參與這項名為「愛・和平・死掉的・互助分享會」說他近期開始想起的事。

他僵直地站起身給大家行禮，假裝自己是個英國紳士般禮貌地點點頭、坐下，並模仿起前一位幽魂吊高嗓子的口吻開始進行敘事：

「最近，我記起了，我好像是個音樂家。從小學習鋼琴，彈過舒曼、巴赫、蕭邦、薩蒂、德布西、李斯特、拉威爾、舒伯特、拉赫瑪尼諾夫這些人的曲。但我記不起是否曾經登臺演出過，目前我只記得一種畫面，就是在家不停練習鋼琴……」

「噢！是音樂家呢。很非凡的樣子。」金髮艾德插嘴說。

「萊斯，好像也懂音樂的樣子。」喬伊絲小姐掩著嘴偷偷說道。

坐在一旁的梅太太聽見了，說：「萊斯是調音師，肯定懂音樂啊，喬伊絲。」

「噢，我只聽過蕭邦的夜曲，很好聽，你能彈彈嗎？」魏老先生說。

賴瑞搖頭，說：「我找過，這裡好像沒有鋼琴。」

「對，這裡沒有鋼琴這種東西。」中年男子萊斯加重了語氣強調，「我以前也試著找過。」

「酒館怎麼能沒有鋼琴做陪襯呢？」賴瑞說。

「對啊。」梅太太和喬伊絲等幽魂們附和說道，其中聲量最大的是調音師萊斯。

賴瑞繼續說：「如果讓我彈彈鋼琴，說不定我就能記起所有事情。」

「愛．和平．死掉的．互助分享會」中的幽魂們又開始像以往般熱烈討論起來。

「不需要，不需要，」調音師萊斯說，「你會全部想起的，就像蹲在角落的霍華德，沒有照片還是記得起所有事。」

「萊斯你的例子舉得不好，那傢伙多少帶點瘋癲的。」魏老先生說。

「也是，」萊斯聳聳肩說，「或許你得看看我，沒有鋼琴我不照樣記得起自己是個調音師。」

「賴瑞。」

沉默的愛麗絲突然打斷在場所有幽魂的談話。她要求賴瑞舉起雙手，並在空中像往日彈奏那般的來回擺弄他的十根手指頭。

賴瑞伸出十根修長的手指，根據愛麗絲的指示輕盈地擺動起來。

「真靈巧呢。」愛麗絲輕佻地說。

「真是漂亮的手指。」梅太太說。

「有什麼了不起的！」金髮艾德打斷讚賞環節，搶先說道：「我是籃球高手，沒見到我的手掌還比這娘砲來得大嗎？」

「籃球的雙手，也是另一種特色。」愛麗絲調侃道，並打量著金髮艾德身旁的喬伊絲的胸部說：「說不定你粗獷的手掌剛好可以抓滿喬伊絲的一隻乳房。」

喬伊絲狠狠地瞪了愛麗絲一眼，但不敢說話。

「是嗎？」金髮艾德的眼裡閃現出流氓的目光，順手抓了喬伊絲小姐的胸部一把，假裝用驚嘆的口氣繼續說：「啊，好大。」說完，他將抓了喬伊絲乳房的那隻手掌展示給大家看，「你們看，剛剛好耶。」

喬伊絲羞憤極了，蹬腳起身，滿臉漲紅，正當大家以為她要開罵或者尖叫時，她卻眼中飆淚。

坐在喬伊絲對面的魏老先生是個好人，生前不偷盜，也不殺人。他的兩隻手掌在空氣間有意無意地揮動起來，試圖把尷尬的氛圍拍走。他對圍坐的大家重複了幾遍：「適可而止就好，適可而止就好。」

接著，他請喬伊絲坐下，但餘光卻緊盯著她的胸部。

愛麗絲一眼看穿了他的心思，大聲嘲笑起他：「算了吧色老頭，你一點說服力也沒有。」

突然，躲在酒館角落的霍華德拼命似的吼叫起來。酒館內的幽魂都被他的低聲吼叫嚇愣了。

他慌慌張張趴在地上穿行過每個幽魂的胯下，口中嚷嚷著「米歇爾，米歇爾」，惹得那群總愛故作優雅的幽魂女士們擺出〈吶喊〉中的同款姿態：

太可怕了，他就像隻大蟑螂一樣爬來爬去！

可惜了這群受驚大叫的幽魂女士。倘若她們在生前遇見了霍華德現下的舉動，這種高分貝叫聲，說不定還可以讓她們通過聲樂考核的初級檢定呢。

霍華德一心專注著尋找遺失的物品，幽魂女士的尖叫聲儘管一點也不優雅，但也沒有令他想要停下尋找心愛之物的心思。

「可憐啊，又發作了，他還在掛念那張照片。」梅太太說。

「什麼樣的照片？為什麼不幫忙找呢？」賴瑞問。

「找不回來的，他大概早就把照片燒了。」調音師萊斯生氣地說。「他能做的就是接受這一切，不然我們總有一天要被他的聲量突襲給嚇死。」

愛麗絲捂住胸口站起身糾正他，「萊斯，我們都死了。」

「我可以把他趕出酒館嗎？」金髮艾德不耐煩地問。

「快點！趕緊把他扔出去！我再也不想見到他。」失去優雅的肥胖華倫太太指著酒館門口大聲喊道。

金髮艾德離開了椅子，信心滿滿地掄起袖子，臉上像是寫著「你死定了」的得意表情。他先從霍華德曝露弱點的後背開始下手，將兩隻手臂分別插進霍華德腋下的間隙，然後快速將他架起，靠著一股腰部蠻力的扭動下，他轉瞬就鎖住了霍華德的活動——抬起來，懸空他。

霍華德隨即坦開了胸脯，懸浮在空中，他驚覺到可怕的事情即將發生。

金髮艾德開始移動時，酒館的幽魂也跟著圍觀，為他打打氣。

他架起瘋狂掙扎的霍華德使出全力走向門口，準備把他扔出酒館。但霍華德人高馬大，他被架起時大力掙扎的樣子像和空氣搏鬥，瘋狂叫喊中甚至還帶點娘娘腔的哭鬧。

金髮艾德還沒走出門口就被霍華德胡亂掙扎時的一記手肘擊中頭部。他暈頭轉向直接倒在了地板，健壯的運動身材，如今看起來形同虛設。

酒館內瞬間譁然，滿場噓聲。

他昏沉沉地問，「這傢伙以前是什麼職業的？」

「軍人。」魏老先生走向前回答金髮艾德的話，開始抓起他的手瘋狂似的聞。

「臭老頭，幹什麼！」金髮艾德有氣無力地想抽開手，但魏老先生仍緊緊抓著。

「當然是聞喬伊絲的味道啊。」愛麗絲大笑說，然後挺直身板像是勝利般的姿態望向喬伊絲，說：「看吧，就說那個色老頭沒有說服力。」

金髮艾德感到噁心，掙脫開魏老先生的手。

但魏老先生的鼻子仍控制不住自己，拼命地往金髮艾德把手抽走的方向撲聞而去。

酒館內亂象叢生，賴瑞無法繼續講述自己想起的事。他伸手將坐在地上的霍華德請到酒館外頭，梅太太關心似的跟了過來。

「他神經兮兮的，你幫不了他。」梅太太說。「他的照片在另一個地方，我們無能為力。」

「所以他記起了所有事情？」賴瑞問。

「大概吧，他說他是二戰時的逃兵，誰知道呢？我們甚至連那個米歇爾是個什麼東西也不知道。」梅太太聳聳肩。

這時，喬伊絲為了擺脫愛麗絲的糾纏也走出了酒館，巧見站在外頭的梅太太與賴瑞。她給兩人打了一個「打擾了」的招呼，然後站到梅太太身旁說：「霍華德可能記憶有些錯亂，他時而說他燒了照片，時而說他沒燒。」

「大家也會同他一樣出現錯亂的現象嗎？」賴瑞詢問。

「人死之後，多數會的吧。」梅太太說。

賴瑞沉默片刻後，說：「事實上我感覺自己也不是什麼鋼琴家。」

「這很正常，我當時還覺得我是個模特、飛機師和動物飼育員咧，誰知道後來我清楚自己以後，我竟然只是一名肥胖的家庭主婦。」梅太太說。

「那妳是怎麼記起所有事情的呢？」賴瑞說。

「很簡單啊，」梅太太十分自信地看著賴瑞，說：「在互助會上說著說著就出來了。」

賴瑞望向喬伊絲。

「我還沒完全記起來。」喬伊絲緊張地說。

賴瑞點了一下頭，視線剛好瞧見了喬伊絲的胸部。喬伊絲發現後，臉紅了。

「我想，我該去其他酒館看一看，那裡應該也有這樣的互助會吧？」賴瑞問。

「有。」梅太太說。

「感謝。」賴瑞說完，給兩人輕輕揮手。

「不會。」梅太太說。

他走下階梯時，喬伊絲才意識到賴瑞即將離開，驚愕似的連忙抬手向賴瑞道別。

霍華德則坐在酒館外的階梯，陷入了自己的記憶搜尋，看起來相當平靜。可是梅太太和其他酒館內的幽魂都清楚，他遲早還會為了那張丟失的照片而再度發作。

月色下，梅太太和喬伊絲望著賴瑞離開了現下的義大利酒館。他孤身走進黃沙紛飛的街道，遠遠瞧見的身影隱隱透著一股印象派畫作的氣息。

「像〈切爾西的雪〉[17]那樣……」梅太太突然脫口說道。

喬伊絲疑惑地轉頭看向她，以為自己聽錯了什麼。

梅太太則撅起若有所思的唇，深深地看著賴瑞的背影，隨即她又擺起頭，一派輕

17　出自詹姆斯．惠斯勒的畫作，全名為〈灰色和金色的夜曲：切爾西雪〉。

鬆的口氣說道：「或許，我根本也不是什麼家庭主婦。」

說完，她重返酒館，獨留下霍華德和倚坐欄杆旁的喬伊絲。

二

走在酒館街上，賴瑞開始觀察各種酒館，他希望能找到一間能夠靜下來想自己事情的地方。乾淨而不吵雜是他的優選，因此他最開始尋找的都是日式酒館（居酒屋），但他經過的那幾家不是很屬意，最後還是離開了。

他再度回到酒館包夾著的筆直街道上，每當他望著無盡的街道盡頭，那輪在模糊地平線上的圓月時，他就會想起身後的街道盡頭同樣也有一輪一模一樣的圓月。月光是完整清晰的，如同聚光燈般在永夜之中照射著每個靈魂。他也不是不曾想像過，在那片死白月色的盡頭，也許會像科幻片那般，會是一道逃生出口，在此的人類可能正身於一處郊外的實驗基地當中，被某方面領域的科學家監視著，做著某種不可名狀的實驗。為此，他曾試圖計劃徒步走向月光，由於缺乏參照物，因此無從獲知時間的觀念，他則以計算步數來代替時間，但一切皆以無法抵達而告終。他所行過的酒館，一次都未曾見過重名或風格相似如連鎖的酒館。

奇怪，這是夢嗎？

他總會這麼想，但卻沒有一次相信這就是夢。那大概源於他毫無實證的敏銳直覺吧。當見識過黃沙街道上的人文風景後，主觀意識中的最深處，已為他佐證了這就是個死後的世界，但他完全記不起人世的事情。尤其是他苦惱著職業這件事，每當互助會的人們詳細詢問各自生前的職業時，他便說不上來。他說自己是音樂家的那一次，還只是記憶碎片裡的其中一塊——四歲時坐在鋼琴前的樣子呢。他長大後的記憶儼如一道白光完全遮掩了關於他的過往。

偶爾，他會隱隱察覺到自己總是特別仰賴直覺行事。每當在任何事情發生前，第六感總會跳出來阻止他規避一部分的風險，並且總是能夠避免不必要的錯誤發生。於是，他有了想法：會不會從事的是一種特別仰賴直覺的行業？

所謂「直覺」，不就是學識再加上經驗（比嬰孩出生以前更久遠的經驗）後，不需通過思考迅速累積得出的判斷力嘛。

仰賴直覺的行業會是什麼呢？

難道是作家？心理醫生？總統幕僚？占星術士？還是病毒學家？

不不，有些過於廣泛了。

也有可能不是人類，是動物！像先天直覺敏銳的鳥類、野狼，還是馬兒？或者長得很糟糕的昆蟲之類的物種？

蟑螂或者蜘蛛？

搞屁咧，蜘蛛又不是昆蟲。

當然不會是昆蟲，毫無疑問肯定是人類的。難道你見過一隻蟑螂四歲時獨自坐在鋼琴前練習？那種事情只會出現在吉勒摩·戴托羅的電影裡頭。

他茫然地抬頭張望起街道上來來往往的幽魂們。

他們都沒有思考過這樣的問題嗎？

在不存在酒精的酒館街上，為何他們總能如此歡脫忘我呢？

真的沒有酒精嗎？

慾望就是酒精啊。

目光所及之處，肉林林立已見怪不怪。男女、男男或女女站在路旁，或俯身酒館階梯，甚至在街道中央舌頭雙雙滑入各自口中，裹著黃沙交歡。他們彷彿不具性別，也不具老幼般地獲得了平等對待。但那更像是一種慾望的化形，恣意隨興，在昏暗街燈下，縱慾呻吟，急匆匆熱烈魅惑路過的幽魂，勾起他們意識中狂野的奔流。

賴瑞站在街道中央，一個寂寞的靈魂走向了他。她圍著面紗，舉手投足洋溢著中東舞蹈的氣息，她朝他胸口貼近，扭動腰身開始摸他的臉頰，提起的膝蓋輕輕抵住他的下體，然後在他耳邊輕聲說道：「我聽說你，手指很靈巧。」

「我不需要醉。」賴瑞說。

女子依舊對他糾纏，賴瑞受不了大聲喊了出來：「走開酒精！我說了我不需要醉！」他大力推開她，轉身離開。

女子來氣，暴怒使她扯掉了面紗，對賴瑞豎起中指罵道：「我他媽不需要你這種孬種東西。可憐的傢伙，看看你凸起的褲襠。」

可憐的傢伙。

賴瑞轉過身準備送她一拳。

月色下沒有面紗的她，直挺的鼻子露出她半邊清晰的臉頰輪廓。賴瑞停住了。

她生氣的表情真棒！

賴瑞把她帶到附近的西部酒館外圍，稍微陰暗些的階梯角落，脫下了褲子讓她吹喇叭。她很棒，不停起伏的腮幫子顯示了她經驗特別豐富。她不停吸吮他的陰莖，把弄他的陰囊，同時另一手撫摸他修長美麗的手指。她渴望賴瑞也用手指幫她。

賴瑞讓她躺下，一根手指進入後，她搖頭。賴瑞以為她假裝害羞，他繼續用一根手指靈活幫她疏通，再來是兩根，再來是三根。然後，她緊緊抓住他的手，示意他停下。

咦？是因為魂體繼承了生前的習性，太粗暴弄疼她了？

她舉起賴瑞的手，小聲地用氣音說道：「拳頭，進來。」

他不知所措停下手思考，這是他第一次面對這種事。她渴求的不是他的手指，是他的整隻手臂。中東女子深情款款的眼神裡閃現了一絲怒意，彷彿對他說，「你還要老娘等多久，不快點放進來？」

他放了進去，同時女子也發出幾聲消除短暫飢渴後的呻吟報以賴瑞。沒多久，她一陣抽搐收縮，女子索求的渴望變多了，不停扭動著下擺。賴瑞自己也沒能忍住，抽出了拳頭，用早已直挺的陰莖滿足她。

他們打炮四次。邁入第五次時，女子不小心在過程中陷入自己的囈語——「拳頭、還是拳頭好！」

一時之間，他的意識有東西在翻滾攪動。是尊嚴的怒火？還是次數過多的反胃？

眼前的她，宛如持續下墜至一口深不見底的洞，裡頭空空蕩蕩，投下再多的物件和情感也無法傳來巨大的迴響。

他狠狠往她內裡抵入，然後再把硬挺的老二抽出來。他意識到他醉了。他被這個中東酒精靠近以後，抵不住誘惑，差點就要酒精中毒，沉溺成只會打炮，再也想不起任何事情的無知亡靈。

他趕緊把老二好好收回棉絨短褲裡，然後離開她。

「拜託、拜託，不要離開……」

女子為他敞開那道曾經幽靈得以通往生地的門戶，她試圖挽留他，為他發出呻吟。但賴瑞知道這種呼喚沒過多久會由其他幽魂填補上。更重要的是，她對他沒有愛，他對她也沒有。於是，他決定無論她再如何向他呻吟及呼喚，他也得像個薄情的男人，不允許自己再轉過頭去看她。

三

街道的每一盞燈火總會閃現幽微的愛，在無處可藏的月光下幽魂來回踱步，眼神撲朔迷離，曝露慾求。賴瑞明白自己與他們無異，也在其中試圖尋覓遺失的東西。

哇，他的直覺突然響起警報。

他站在一家招牌標榜著「正宗」聖托里尼風格的酒館外，意識到這裡有適合他的東西。他撥開了貝殼串起的門簾入內，海藍色作點綴的琉璃窗，白色為基調的牆，這裡是抽象的：海、空氣和寧靜。意外冷清呢，包括他，只有三個幽魂。更令賴瑞意外的，他的好友卡西姆正坐在吧檯和酒保交談。

欸，卡西姆是誰呢？

「卡西姆．奧馬爾。」賴瑞走向吧檯，搭起那名他認出的少年的肩說道。

「老天、上蒼、真主、阿拉、我的神，賴瑞你怎麼會在這？」卡西姆認出了他，嚇得雙手舉了起來，並且試圖透過拍拍胸脯讓自己從震驚中冷靜下來。

「大家都死了，有必要這樣嗎？」酒保擦著高腳杯說。

「嘿，你不知道嗎？在這種地方遇見熟人才害怕，你知道、你知道這說明嗎？」卡西姆開始語無倫次，「說明他也死了。」

隨即他轉過頭看向賴瑞，猶豫片刻後站起身給他一個擁抱。

「老兄你怎麼死的？看起來還那麼年輕。」卡西姆用過去生前的口吻如此問他，

「我本來還指望你老到坐輪椅來找我的呢。」

「我想不起來，」賴瑞說，「我甚至連你的事情都一無所知，只知道你的名字和……」

「和什麼呢，老兄。」卡西姆問。

「熟悉感？」賴瑞思考一番後說。

「老兄，你是靠著感覺來找我的嗎？」卡西姆大笑，「看來是這樣沒錯。」

「我想，你應該熟知我過去的一切才對。」賴瑞說。

「你知道的吧，我只能說我死前對你所知的一切，在我死了之後對你是一概不知的。」卡西姆說，「而且你才二十八歲吧？」

「大概吧。」賴瑞說，「你說說吧。」

賴瑞隨手拉起一張復古軟墊的高腳椅一屁股坐下，開始與卡西姆聊起關於他的過往。

不過，在這之前卡西姆要先為賴瑞說說自己的事：關於他與賴瑞怎麼結識，他自己又是怎麼死的話題。

卡西姆生前與賴瑞年紀相仿，出生於敘利亞。十六歲時，與賴瑞因一款遊戲被電競戰隊的經紀人分別挖掘參與比賽。他們在同一支電競戰隊，雖說一支戰隊的正選只有五名隊友，但他與賴瑞之間的默契是培養得最佳的。

後來，他們待的戰隊在一次國際電競大賽上取得冠軍，當時的他們才加入那支戰隊剛滿一年而已。沒多久，卡西姆要求先回到敘利亞休息一段時間後再重返戰隊練習。就在那個時間點上，卡西姆所居住的城市霍姆斯遭遇敘利亞內亂的波及，當時他在房間裡熬夜與賴瑞等人在線上組隊練習及討論未來方向。

「你根本不會知道，我家那一區被第一波炮擊殃及得多嚴重。當時我父母和妹妹的房間都炸爛了，但他們應該都沒死。」卡西姆說。

「應該？」賴瑞疑惑，「為什麼是應該？」

「因為我沒在這裡遇見過他們呀。」卡西姆拿起一旁還未被擦拭的高腳杯在吧檯上輕鬆把玩，「總之，當時我來不及向大家告別，突如其來就消失了。」

賴瑞點點頭，表示還想繼續接著往下聽。酒保則站在吧檯內靜靜拿起擦拭好的高腳杯，仔細檢查其中是否乾淨後，又接續展開新一批高腳杯的擦拭。

卡西姆則繼續說：「轟炸打響不久，我看見遊戲頁面不停閃示著紅色斷線通知時，我已預感我可能逃不掉了。我甚至大聲呼叫我的父母和妹妹，以及姑姑，可惜他們好像沒聽見我的呼喊，在密集的轟炸中，我們求存的聲音被掩蓋過去。毀滅幾乎是一瞬間的事。外頭飛來的瓦礫透過破碎的窗口擊中我的頭部，就此暈了過去。期間，世界平靜了下來，我搞不清楚，以為一切都靜止了，人們平安了，也一度懷疑是不是已經死去。在我如今的意識中，我當時仔細聽見砂石瓦礫在轟炸後的廢墟中滾動，沒有人出現，沒有人呼喊。不久，打破寧靜的炮彈再度襲來，我的意識才清醒，自己已被厚重的墻壓在地板上。就在那時，一道極大的轟炸聲接近了我，中間我彷彿聽見了妹妹的呼喊聲，想要呼叫她時，我的肉體以及意識瞬間同我身下的地毯一同潰散。」

說完，卡西姆重重地放下了高腳杯。

「那時你才十七歲。」賴瑞說。

「跟你相同年紀，也是你的好隊友。」卡西姆微笑，同時捏起賴瑞的肩以玩笑的口吻繼續說：「要是這一切也可以像遊戲那樣重生復活那就太好嚕。」

實在遺憾。

賴瑞陷入沉默。

「不對！」

酒保突然打斷他們，他停下擦拭酒杯的工作，肢體表現得特別激動，急著插話進來說道：「人死之後是可以復活的。」

賴瑞和卡西姆以為自己遇見了瘋子，神情透露出質疑。

「嘿，那是真的。」他篤定地說，「我哥死後就被一隻貓復活過來了，最後還活到成年。」

卡西姆聽完後一陣假笑，原本放下的高腳杯被他狠狠摔在了地上。沒等賴瑞和酒保反應過來，他大喊一聲：「放屁！就算我們身處在這條奇跡隨時都有可能發生的魔幻街道上，你看看杯子復原了嗎？」

玻璃杯子依然粉碎，死去的人也沒有復活機會。

他像個中東小瘋子開始嚷嚷，執意要離開酒館。賴瑞上前阻止，因為他還沒講到賴瑞的生前背景與經歷。但卡西姆很生氣，站在酒館門口，指著酒保一頓亂罵：「媽的幹，我受不了這假東西！明明是假死，卻說成復活。」

他聲音響亮如雷，賴瑞和酒保都愣住了。

「瞧瞧這裡，不存在半滴酒，還要假裝自己是酒保，盡力維護店裡所有的酒杯！我看他擦杯子都看膩了，這做作的傢伙！」他滿臉漲紅，話是對賴瑞說的，但眼睛卻直瞪著那位吧檯內的酒保。

酒保站在原地，手裡捏著高腳杯子，張口結舌，眼神像是驚慌的小鹿般望著門口滿是怒意的卡西姆。

卡西姆的怒氣未消，持續發起新一輪進攻，他對賴瑞說，「就是這傢伙，我告訴他電競選手的事，他居然嘲笑說那是個什麼鬼玩意。」進攻結束，他沒給酒保任何解釋的機會，氣噗噗離開了那家「正宗」聖托里尼酒館，再也沒有要理會酒保的意思。

「你知道嗎，」卡西姆在黃沙的街道上走得飛快，像個買不到玩具的孩子般跺腳走路，他把至今對酒保的不滿開始劈里啪啦地自顧自說了出來：「只玩過楓之谷[18]的傢伙，又怎麼會知道 DotA[19]的樂趣？他連 DotA 是款什麼樣的遊戲也不懂，居然擅自批評起來。還說他只聽過足球職業選手，什麼明星球員，就是沒聽過電競選手這玩意。氣死我了！我們在其中成名，因 DotA 成為了選手，竟然被那傢伙說成鬼玩

18 MapleStory，一款以角色扮演為主的線上遊戲。

19 全名 Defense of the Ancients。一款以 5v5 為主的 MOBA（多人在線戰鬥競技場遊戲）類型即時遊戲。十名玩家在同一張地圖內，各自操控自己的一名英雄以 5v5 模式進行團隊競賽。地圖兩端設有各自團隊的中心建築，誰優先摧毀對方的誰就勝出。

意！」

「呃，卡西姆請等一下，」賴瑞示意卡西姆走慢一些，「你是指那個酒保說電競選手是個鬼玩意？」

「對！」卡西姆說，「經過初探以後，我發現這裡的幽魂似乎不太認可這是項職業。所以互助會上我只說自己仍是個學生。他們看了看我的樣子，也確實相信了我是名學生。」

「那我以前也把電競選手當成職業了嗎？」

「當然嘍，」卡西姆說，「你曾說電競使你在其中找到自己的價值，當時我們正在談論各自未來的發展藍圖時你這麼說。當然讓你願意留下的理由是你的支持者替你起了個優雅的綽號。」

「什麼綽號？」賴瑞問。

卡西姆向賴瑞招招手，示意他靠近一點，接著假裝附到賴瑞耳邊，像往日贏得比賽後調皮地親吻他的臉頰，趁著賴瑞沒來得及反應，在他耳邊說出彷彿像咒語般的稱號──「鋼琴手」。

鋼琴手？

賴瑞撫摸著被卡西姆親吻過的地方，口中複述了一遍自己曾經的綽號。

「鋼琴手。」卡西姆說，「我曾在這裡遇見一名老師，當然他不是生前所認識的任何人。他說，語言是火，語言出自於嘴巴，嘴巴是火爐。我用吻給予你祝福，希望火點燃你，也同時燒毀遮蔽你的膜，讓你早些記起來。」

語言是火？嘴巴是火爐？吻是祝福？

賴瑞想搔搔腦袋，但他沒有。對他而言，卡西姆就像個咒術師似的，說著他一點都聽不懂的話。

可是那一點火，熄滅的火種再度燃起。賴瑞的意識被卡西姆的言語點燃了，卡西姆剛才的聲音也席捲成了風暴，煽動著火種熊熊燃起：

他並沒有太多理想，是個無所事事的青年，家庭富裕使他不缺金錢，衣食住行沒有過多憂慮，對特朗普新任總統沒有太多意見，於性別、黑人平權的社運也一無所求，現實生活一切事情也不曾在乎。前半生毫無志業，人生沒有半點績效貢獻在哪方面領域。

身為傑出音樂家的父母，自然不認可他成為電競選手的志業，總是期望他能夠成為一名演奏家繼承他們血統中的氣質。時不時在他去往世界各地比賽時給他撥電，但往往都是假借問候生活情況時，嘗試說服他重歸黑白琴鍵的行列裡。

他四歲學鋼琴，獨自面對鋼琴練習的枯燥時日，他非常清楚他與自己的父母，還有其他優秀的小鋼琴家不同，他不曾在鋼琴裡頭有過任何精神昇華與氣質培養，經常在學校做些不符合鋼琴家形象的行為，例如罵髒話、扯女孩子頭髮、在校工的儲藏室裡尿尿。

他厭倦鋼琴，認為鋼琴是父母用來關他的牢籠。他不喜歡音樂，嚴格來說，他喜歡音樂，只是不喜歡自己需要上百遍練習後演奏的音樂。雖然某種程度上從中取得成就，但同時寂寞也將他的成就感消磨殆盡。

十五歲開始，中止一切鋼琴練習的因由，是他第一次觸碰到線上遊戲。看起來很像玩物喪志，在他父母眼裡的確如此。但他就是特別喜歡電腦鍵盤多於厚重的琴鍵，似乎也隱約察覺這該是屬於他的生活，生活就該像按下電腦鍵盤那般輕鬆，聯機的互動勝過於獨自一人面對鋼琴。他潛入虛擬遊戲世界裡，於幻想和現實之間游移。由於曾經練習過鋼琴的這雙巧手，在鍵盤的操縱上十分靈活，某一次體驗遊戲的特殊時刻時，被某支戰隊的經紀人挖掘成為職業賽選手，世界各地的大小賽事也記上了他的名字……同時，他也終於理解為什麼他的直覺總會如此敏銳，這與他對於遊戲的理解及體驗有著很深的聯繫，幾乎所有頂尖的 DotA 職業選手都必須具備的其中一項基本能力，就是在大量黑霧機制的地圖中感知敵方的動向，以防獨自一人時遭遇敵襲。與其說感知，不如說他習慣遊戲體驗之後捕獲了某種觀察入微的本領[20]，在不停運轉的腦中，模擬對方設伏地點的各種可能性，使之內化成一種不可拔除的第六感。

於此，他的記憶與意識終於和卡西姆前番說的話匯流到了一起。之後，水止住了，成為了潭，很深，再也無法流動。他的直覺再次對他拉響警報，似乎在對他說，「老兄，接下來的事情你不會喜聞樂見的。」——關於他之死。

「嘿，可是我想知道。」賴瑞說。

「知道什麼？」卡西姆問。

「我只剩後半段想不起來。」賴瑞說。

「噢，」卡西姆說，「你說死的時候嗎？那是一件艱難的事。」

20 觀察該遊戲小地圖裡的細節。比如，敵我雙方人數各為五名成員，敵方有一半以上人員潛入黑霧，消失在小地圖上就要有所警覺。

「為什麼？」賴瑞說。

「誰要記起那種破事情，尤其死是那麼痛。」卡西姆說。

「可是你記起啦。」賴瑞說。

「和其他人不同！我的死狀比較特殊，是整個消失耶。你應該懂的吧，」卡西姆思考片刻後，說：「血條消失之術。就像 DotA 裡敵人的物理或魔法暴擊傷害過高，我的血條框瞬間從滿格變為零消失不見的道理。所以你該說我死得難看，還是幸運得看不見死狀呢？」

他搞笑的口吻似乎早已接受自己可悲死去的事實。

「不過，」卡西姆眼神突然顯得空洞，「我的意識有時仍會殘存當時肉體消失時，被分裂的痛感這樣子可怕的錯覺。」

賴瑞聽完，打起哆嗦。片刻之後他又說，「但我還是想知道，我無法忍受這種殘缺。」

「也是的，」卡西姆指著前方路上正在交歡的那群幽魂說，「不然你就會與這群打炮成癮的幽魂一樣迷失自我。」

「你是說酒精們嗎？」賴瑞說。

「酒精們？」卡西姆問。

「慾望就是酒精。」賴瑞說。

「噢對，酒精們。」卡西姆笑著說，「寧願假裝自己還像個人一樣打炮迷失，不願想起任何事，在忘乎一切後，就再也醒不過來的『醉鬼』。」

「那你怎麼想起來的？」賴瑞問。

「Guru 教我的。」卡西姆回答，「噢，就是我剛說的那個老師。」

「你教教我吧，剛才算成功一半了。」賴瑞說。

「這很難，只有他能夠幫你。」卡西姆說。

「他在哪？我們去找他。」賴瑞說。

「他待的酒館離這裡有一段路。」卡西姆說。

「帶我去見他吧。」賴瑞說。

「走吧。」卡西姆說。

「走吧。」賴瑞說。

四

Guru[21]所在的酒館，與其說是酒館，更像是倉庫，基本的桌椅配備都沒有。地板鋪滿乾燥的羽穗草，幽魂們像練瑜伽般端坐在上頭。月光穿過落地窗照亮倉庫中的一面紅磚墻，Guru 時常盤坐在那面墻下給眾多幽魂吟詩，有時一同與幽魂們像其他酒館的分享會般圍坐交談。

賴瑞對這家酒館甚是滿意，與他理想中找尋恢復記憶的處所十分相近。但他已經在 Guru 這裡待了很久，至少已經換了二十三波次的幽魂，記憶始終沒有多少長進。他第一次見到 Guru 時便對他說：「讓我想起一切吧。」

但 Guru 當時正為酒館的幽魂們授課，沒有理會他的請求。幾次之後，他耐心等待 Guru 吟詩結束，進入休息階段時才走到 Guru 面前求教於他，但 Guru 卻總是沒有表情地望著他，始終不對他發出任何回應。

難以理解！為什麼會這樣？

他感到納悶。Guru 就像個擁有藝術家古怪脾氣的四十歲男人。說不定 Guru 正不可名狀地討厭著他，所以才總是對他不理不睬。

瞧瞧他那藝術家般的裝束，能否找到討厭他的理由？上身的kurta[22]完整貼合了他精實高大的身材，寬鬆的dhoti[23]為他帶來某種思緒奔放的暗示，斜鋪身上的寬大柔軟披肩中和了他男性好勝剛強的一面。

全身上下是柔和溫暖的象牙色。

後腦紮成糰子的頭髮，放下來應該留得比女性還長。

他的五官如果隱匿於陰影下，他會成為白人歌者。如果他身處在月光下，他肯定是個巴基斯坦詩人。倘若在忽明忽暗之間，他可以是所有人。聲音，時而柔軟如細雨，時而如蓄力的猛獸。他說的話沒有語言的藩籬，美妙的詩句無須為人種而一再翻譯，每個幽魂親耳聽聞後必然聽懂。

這樣的說法很奇怪，但卻真實，見過他的幽魂都會如此認為。不懂他的幽魂，首先會被他的外表與這項無需翻譯的神奇技能深深吸引，進而留下、在意他。

賴瑞是這群幽魂裡頭的其中一員，就算Guru不搭理他，他依然選擇留在倉庫酒

21 印度語，意為老師。
22 印度人的襯衫長袍。
23 印度人裹住下半身的腰布。

館聽他授課。

他的授課內容很奇特，只有吟詩和一字口訣的唸誦。一字口訣的唸誦，是發出「唵」音的唸誦練習。酒館的幽魂在他的帶領下，把「唵」音化成一種能令空間產生震動的低音域赫茲，輕微震動著這座挑高的酒館。

這是他每進行一項活動前必做的前行作業。據他所說，「唵」是最初意識誕生的聲音，是宇宙所發出的第一個音，是生命的開端，是詩的開始，是對一切的應允。

應允什麼？

應允接下來的互助會活動。

實屬罕見。

最近加入的新魂有點多。與舊魂合計一共六十位幽魂。他們圍坐一圈，包圍Guru，一個一個訴說他們生前的故事。

Guru 閉起眼睛聆聽。

他們的死法各有不同，與他長遠以來所聽聞的也大致重複。

他沒有排斥，沒有厭煩，閉起眼睛聆聽。

卡西姆以一貫誇張的語氣和表情動作講述自己如何死亡的經歷。緊跟在卡西姆後頭的是三個小女孩，一個長得像日本人的女孩，她說她喜歡鳥。一個總是抱著燒杯似的瓶子的女孩，她說她喜歡魚。一個長相並不特別，手臂上有著令人印象深刻的紅色胎記的女孩，她說她喜歡鳥，喜歡魚，但最喜歡快樂。她們輪流獨自講述，偶爾對方少了重要細節會跳出來補足彼此的故事。

賴瑞在五十九個幽魂當中特別同情她們。待在酒館這段期間，賴瑞會聆聽她們的心事，所以她們叫賴瑞哥哥。由此，他也得知了離去這家酒館的幽魂很多，為 Guru 留下的卻很少。她們三個是唯一少數願意追隨他的，賴瑞向她們問明原因。她們異口同聲以一種關懷世人的心宣說道：「因為他看起來很寂寞。」

確實，Guru 所講述的內容總是令魂費解，幽魂們不怎麼愛聽。他吟唱的詩歌再美妙，有時候更像沒有特色的街頭賣藝。他靜坐在包圍圈中央，像個擁有奇特異能的聖者般存在，同時也像某種脫離圈子的孤獨個體。你會被他美麗多變的樣貌和優雅姿態所吸引。久了之後，無法瞭解他言語深意，失去了好奇，就將乏然離去，接而擁抱門外一切情慾的呻吟。

或許，這是他教學中最失敗之處？

不過，至今剩下三個小女孩願意伴隨他，也算成功的一種吧。

往後，還會有跟隨他的幽魂吧？

賴瑞想，自己也會像其他幽魂一樣離開嗎？

他想，他會。

可能等到想起後續的事後離開，也可能沒等到想起就離開了。

轉眼，互助會上已經輪到了他。他自信滿滿，不像卡西姆試圖隱瞞自己心意，聲音以簡潔明瞭劈頭般的方式對大家宣告——他是一名貨真價實的電競職業選手。

一眾幽魂呆呆望著他，神情最先產生了疑惑，進而開始打量起他。不一會兒，他們像是理解了什麼似的，沒等他解釋，又大笑出來。

這怎麼能成為職業呢，怎麼可能有這種職業？

他們在 Guru 周圍高談闊論起來。

曾經作為二十世紀的資本家一派中的幾個幽魂，開始猜想電競要如何賺取回本的利益？

死去的政客盤算著要動多少次嘴皮子才能從電競中獲取權力？

新加入的宗教「魂」士也爭相定論電競與生命的關懷毫無關聯性，嚴厲斥責遊戲創造者企圖使人類繼續怠惰傲慢，違背上帝的旨意。

而擁有母愛的幽魂便會擔憂關懷地詢問他，如何僅靠這項不穩定的事業活到後來。

少數未見過電腦的幽魂們在懵懂之中交頭接耳竊竊私語，向其他幽魂探詢電競是個什麼玩意。

賴瑞聽見他們一廂情願的想法後，他像當初在義大利風格的酒館裡，愛麗絲指示他的動作那般舉起雙手，活動起十根手指。

「看看它們，我可是靠著它們成為電競職業選手的。」賴瑞高傲地說，言辭態度像極官員頒佈某種政令的嚴肅口吻。接著，細長美麗的手指在空中宛如蝴蝶振翅般靈活擺動，像展示自己擁有名貴的藝術品般宣說：「我的手指在音樂演奏上絕對能跟得上李斯特琴曲的速度及複雜度；在遊戲之中，手指與手指之間的快速交錯還能在適當的時機切換不同組合元素技能的按鍵。」

這能說明什麼？

唉，還真不能說明什麼。

琴鍵的複雜度與電腦鍵盤本來就無可比擬。他擁有的只不過是一項技藝而已，不能證明這項技藝符合職業運動的標準。在幽魂們的眼中依然屬於不合格。與純粹耗費高體能的球類運動或與純粹腦力激盪的弈棋相比，這項腦力結合身上某部位體能的發揮使用，不知該稱為「運動」的運動，實在無法讓他們苟同，那十根手指頭頂多只值得上一上節目表演娛樂娛樂大眾。幸運點的話，這項以速度和準確性著稱的奇葩天賦如果在生地曝光後不久，還可以直接被寫入吉尼斯世界紀錄裡。

「他的手指哪裡特別了？不就稍微長了點。」

預料之中的事，他們沒那麼容易善罷甘休，對賴瑞生前的職業討論之時夾帶嘲諷意味。於是，為了試圖改變他們的觀念，讓他們得以欣然接受，賴瑞只好將自己每場比賽的經歷告訴他們，其中包括他與隊友在熱情基礎上凝聚一起而付出過不少努力，例如面臨賽季頻密的幾個月，一天必須練習十四小時的日程，同時必須將一天八小時的睡眠時間硬生生切成兩段，才能與其他身處時差的戰隊陪同練習。

隊伍默契，也需經年累月慢慢纍起。一旦默契建成，那可真是件奇妙的事。如果你正巧被敵人圍攻，打從心底發出求救，口頭言語還未發出，其他四名夥伴將會同一時間使用傳送卷軸，臨至附近為你解圍。即便他們深知解圍戰，極有可能因此遭到團滅。

他眼中閃爍有光，如同眾多人們熱愛著自己選擇的工作，同時也像奧運會的選手，為了在賽場上展示最佳的一刻來證明自己，日復一日地鍛煉著。

但這容易嗎？幽魂們似乎不買賴瑞的帳。

一名宣稱自己知識豐富的社會魂士突然提出，為什麼電競一直不被納入奧運會的理由。

許多幽魂搖頭表示不知，但賴瑞和卡西姆是例外，他倆都清楚原因是什麼。

「因為電競遊戲的殺戮性質太高呀，那麼不健康，叫我們怎樣支持接受這是項職業呢？」知識豐富的社會魂士說。

一些不負責任的幽魂接續了那名社會魂士的話：「那只是遊戲而已，又何必過於認真呢？」

接著，又有幾名幽魂抱著憐憫賴瑞的態度說了類似的話：「他的人生應該不曾認真過吧？」

該死！見鬼了！鬼都不信。職業不分貴賤是假的嗎？

電競選手連和清道夫對等的資格也沒有了！

卡西姆這個中東小瘋子原地爆炸。他伸長的脖子和睜大的眼珠像極宇宙準備大爆炸時的樣子。他瞪住每一位圍坐的幽魂發飆似的大叫道：「我就知道一定會這樣！我就知道一定會變成這樣！」

「看吧，他就是玩太多遊戲產生暴力傾向的最佳例子，被遊戲的殺戮性影響了人格，不，是魂格！」社會魂士呼籲所有在場的幽魂遠離卡西姆，堅決與他保持安全距離。

卡西姆爬起身來，一眾幽魂以為他準備上前揍人，紛紛退讓。但他卻坐到賴瑞身旁，複述一遍剛才他大叫的話。他想讓賴瑞知道他是支持他的，並質問在場的幽魂：「殺手可以成為職業，電競選手就不被允許了？」

「他們收錢的，當然是職業啊！」一名政客跳出來附和道。

對！殺人，收錢，才算職業。

你那種不收錢的，不算職業。

輸了沒錢，贏了有錢，叫賭徒。

對！那叫賭徒。

「誰說輸了沒錢，」卡西姆跳腳抗議，「你們根本不瞭解賽制！」他決定放棄對這群不講理的人多作解釋，他捶胸頓足，用手大力拍了自己的前額幾下，然後帶著無奈的怒意對賴瑞說：「這就是為什麼我隱瞞不說！」然後擺開一副「你看看現在就是這麼回事」的手勢給賴瑞。

賴瑞幾乎想上前打爆反對他的這些幽魂，不過他壓抑住了，為了說服他們，他得清醒著。誰叫他很早以前就把電競當成職業了呢。可是這群幽魂在想法上特別僵固傲慢不願意接受。想來如今唯一能夠說服對方的只剩下「證明」。但他必須得先擁有一臺電腦及那款遊戲，並且需要做到出類拔萃的表現嚇一嚇他們。但酒館街又怎麼可能存在這種科技產物呢？

這是不可能的。

這時，Guru 張開雙眼站起身，開始朝包圍圈外走去。他的高傲、獨立，在挑高的建築中如此渺小，走進月光之中卻又顯得龐大。幽魂們還在高談闊論，突然被黏在他 dhoti 上的幾根羽穗草吸引了目光，接而為他騰出條行徑，供他緩步走到月光滿佈的紅磚墻下盤坐。他故作神祕，又開始一字口訣的唸誦練習。他總共「唵」了三次，幽魂們也緊跟其後，在心意模糊懵懂之際「唵」了三聲。

一切的應允。

他說話了。說了一段與電競毫不相干的事。

他說：「我們都歸屬於『那個意識』。『那個意識』是所有一切，誕生、消融，響動皆源自於它。應當於靜謐中，信仰它。」他望向倉庫酒館外的街道，一時像出了神似的，又像是回過了神繼續說：「的確，人由意欲所塑。生地的意欲，決定死地的形態。故此，魂靈也具有意欲。

食物，經過食用，分為三部分。最粗的成分化作糞便，中等的成分化作肉體，最細的成分化作思想。

水，經過飲用，分為三部分。最粗的成分化作尿液，中等的成分化作新血，最細的成分化作氣息。

熱量，經過吸收，分成三部分。最粗的成分化作骨骼，中等的成分化作骨髓，最細的成分化作語言。

最初由思想所構，以氣息為身，以光為輪廓，以真理為界，以空為真我。容納一切行為，一切願望，一切芬芳，一切甘美，一切諸如種種，不言語，不旁騖。

這是我心中的真我，安住於蓮花之中，小於稻糠，小於麥粒，小於菜籽，小於黍米。這是我心中的真我，安住於蓮花之中，大於地，大於空，大於高天，大於三千世界。

涵蓋一切行為，一切願望，一切芬芳，一切甘美，一切諸如種種，不言語，不旁騖。這是我心中的真我，它就是『那個意識』。死後離開生地，我皈依於它。信仰它，便不再迷惑。」[24]

「所以那個意識是神，是上帝？」新加入的宗教魂士提出發問。

「不是，」他說，「它只是一個觀測者的同時，也創造了神。」

「那你是祂的天使？」宗教魂士以挑釁的口吻說。

他沒有回答，也沒有表情，但不否定。

「那祂是否擁有權力？」政客問。

「沒有。」他說。

「那祂有名字？」社會魂士問。

「有，」他停頓下來，佐以溫柔莊重的口吻說出那個意識的名稱，「它名『真實』。」

霎時，十幾名宗教魂士站起了身，以不屑的步態背向他走出了酒館，顯然他們認為 Guru 所說的言語深意與他們深信的信仰完全相悖。

24 出自《歌者奧義書》第三章。

但他不以為意，在餘下的幽魂裡，眼神中第一次對準了賴瑞。

賴瑞如獲至寶，再次向 Guru 提出了如何記起後半段記憶的方法。

但 Guru 沒說出方法，他給賴瑞講述另一段難懂的話：「離開生地之後，我們是思想、氣息和語言組合的虛體。我們屬於那個意識，我們是彼此，我們具有連結，確實同樣思想，同樣氣息，同樣語言，沒有斷層，沒有排斥，沒有想不起來的事。」

可事實上賴瑞就是記不起來，這不表示說了等於沒說嗎？

賴瑞因此感到失落，也想要離開倉庫酒館了。在 Guru 講述的這段期間除了那十幾名宗教魂士離開，還有一些幽魂也相繼離開了。賴瑞看著他們離去的身影，反問 Guru：「既然同樣思想、氣息和語言，為什麼他們都離開了？既然沒有排斥，沒有斷層，那為什麼他們不認同我生前的職業呢？既然沒有想不起來的事，那為什麼我會記不起來呢？」

Guru 一如既往不正面回答問題，反問賴瑞是否需要「證明」？

這不是當然的嗎？

賴瑞點點頭。

Guru「唵」了三聲。

一切「真實」的應允下，萊斯和喬伊絲推門走進了倉庫酒館。

真切而殊勝的，Guru把「證明」的消息帶來了。

「嘿小子，終於找到你了。」萊斯視察倉庫酒館內的擺設和零零散散的幾個幽魂，「你小子有夠難找，」他回過頭正視賴瑞繼續說，「你找回記憶了嗎？」

「還有一些事沒想起來。」賴瑞說。

「我聽喬伊絲說你好像在找鋼琴，打算彈一彈記起事情是吧。」萊斯轉過身把躲在身後的喬伊絲拉過來，摩挲她的頭說：「喬伊絲可是幫你找到鋼琴了唷，你要不要過去那家酒吧彈彈？」

賴瑞欲言又止，不知從何向萊斯和喬伊絲解釋清楚自己不是鋼琴師這件事。不過，他感到不可思議，因此他回頭望向紅磚墻下的Guru。Guru掛著似笑非笑的表情，自顧自地把象牙色的披肩整理後放在腿上。

可是，這與賴瑞所想的「證明」截然不同。他還暫時無法給萊斯一個答覆，甚至覺得對萊斯身旁的羞澀少女感到一絲虧欠。

但他還是向喬伊絲說了聲「謝謝」，以示報答。

原本羞澀的喬伊絲笑了，像獲得了一個吻般甜蜜幸福。

「怎麼樣，還有這個打算嗎？」萊斯還在等待賴瑞的答覆。

但賴瑞卻走向 Guru，詢問他為什麼幫他安排的是一架鋼琴而不是電腦呢？至少在電腦面前，他能夠完全活出自我，讓那些反對他職業的混蛋鬼魂可以名正言順地接受及表揚一下他。

Guru 似乎覺得賴瑞的索問已經不再重要。他「唵」一聲後，進入冥想。任憑賴瑞如何苦求搗亂，他竟如同不為所動的磐石矗立在沒有月光的紅磚墻下。

紅磚墻上不再滿佈月光！

當他們意識到時，倉庫酒館就只剩下他們幾人（三名女孩、萊斯、喬伊絲、卡西姆、賴瑞），和那位不愛回應他人，心情卻異常平靜的 Guru 了。

唉，只剩一種選擇。

不，那根本算不上選擇，連多餘的選項也沒有。

他只得答應萊斯。但他不確定彈彈鋼琴是否對他的記憶有所幫助，自從他得知那不是臺電腦後，好像已經沒了過多的期盼。

他與卡西姆告別了三名女孩後，臨走前他再望一眼冥思中的 Guru，然後跟隨萊斯和喬伊絲離開倉庫酒館，準備轉移到那家擁有鋼琴的酒吧。

據萊斯說，酒吧就在倉庫酒館的下幾家。

當他們走出倉庫酒館時，街道早已湧起了狂沙遮蔽了夜空的圓月。兩端的地平線隱沒在風沙之中，街上的酒館露出了幽冥般的燈火，街道再也聽不見肉林的呻吟，彷彿這個世界重歸清明，不再有性慾。他們四人緊靠一起，為首次在那世界所見到的風沙心懷憂慮，以一點點為他們照射的朦朧月光為引，緩慢前行至下一站去。

五

他們走進那間充斥古巴風格的酒吧，先是聞到一股老舊的氣味，賴瑞準確判定它源自於孤獨，儘管酒吧擠滿眾多聽眾，但這些幽魂想必都是為了躲避風沙而來的吧。

你看，街上的酒精們也進來了。

常駐在這家酒吧的幽魂聽說前段時間在這裡彈琴的萊斯，帶來了另一名優秀的鋼琴師。他們目光裡對賴瑞閃現各種期待，讓他顯得像是一名真實而著名的演奏家蒞臨此處，準備公演。

萊斯領著他穿過擁擠的魂潮，直達酒吧深處的角落。那裡停放著一架直立式的老舊鋼琴。萊斯幫他打開了琴蓋，告知賴瑞，他早已為這架鋼琴調過音，賴瑞隨時可以開始自己的彈奏。

賴瑞好不習慣，熱帶風格的T恤和棉絨短褲的著裝讓他看起來一點都不像鋼琴師。他坐在鋼琴椅子上，樣子顯得格外侷促。酒館外，卷起的風沙聲強烈掩蓋過一眾幽魂的聲音。他坐在鋼琴前土氣的模樣被那群宗教魂士認出來，他們大肆嘲諷賴瑞所謂的職業後，打算看他的手指是否真如自己所說的那般神乎其技。如果只是狂言妄語，那就好好準備看他演奏時敗露的醜態。

這群宗教魂士到底怎麼一回事？

他們的姿態太不莊重，目光還過於放肆。

賴瑞從琴椅上站起，給他們一頓中指伺候後又坐了回去。

他抬手開始彈奏起來。

他彈李斯特的〈超技練習曲第五首〉。他要以這首曲來嘲諷這群思想老化僵固的他們。

闊別多年，手指又要再度碰上琴鍵。

他一點也不害怕早已不碰琴的手彈不出來，只是擔憂忘了樂章裡的音符而已。但那可是他短暫習用鋼琴一生中少數彈過上千次的曲，早已爛熟於心，音符像編碼進他的意識，只要他起手，一切將得心應手。

的確，曲的引子才下沒多久，震驚的效果顯現了。這是卡西姆初次聽見賴瑞的演奏，他從未想過這名隊友在音樂領域上有如此高的造詣。宗教魂士都張開了嘴巴，除了吐出淺淺的氣息外，沒有言語從中出來。

詭異的前奏附著著焦躁的氣味，悄無聲息地在酒吧瀰漫開來，陰沉的色彩混著外頭飛揚的風沙游離至整條酒館街上。

咦？這怪異的音樂是從哪裡傳來的？

發問的幽魂，形體和意識，宛如靈動的火般飄忽不定，產生了各種奇思妙想。

一個音滑到另一個音的連結，如同野地裡一時閃爍消失的鬼火，伴隨左手每半拍變化一次的音域持續上升，曾經輕靈跳躍的樂曲逐漸強大兇悍。反向的雙手在來回交互之後，又再度回落細小溫順，於高潮前往復堆疊，層層推動，使得賴瑞在琴鍵上活動的手指看起來像魚在水中激烈的游動，濺起的水花如同輕靈的音符在空氣中跳躍。

在場的幽魂不知為何開始隨著樂曲原地轉動起舞，像被賴瑞雙手彈出的音符所操控，一旦音樂的情緒變得激烈，幽魂的肢體動作便更加起勁。

隨著樂曲尾聲的接近，短暫飛濺的水花又重落水面，像極賴瑞激動的屁股與琴椅之間時近時遠的微小間隙。帶點年輕人的焦躁，或許是他與鋼琴久別重逢，躍躍欲試的心情。但又有誰能想到在一段細膩的轉音後，賴瑞竟以一種近乎暴走的姿勢，彈出一句幾近無聲晶瑩的音色來結束此曲。那一刻，在他脫離琴鍵瞬間揚起的數根手指竟變得格外醒目。

掌聲如雷，全都給他一人。

卡西姆高呼起他的名字。

萊斯喜極而泣，稱讚他手指對於琴鍵的掌控極為精準。

這無疑是交給宗教魂士們一份完美的答卷，但那群宗教魂士依舊頑固，盡心盡力貶低賴瑞。

「就算你鋼琴彈得再厲害，我們一樣不認可你是電競選手噢！」

對，我們不認可你！

他們異口同聲說。

好啊，就算我彈斷雙手，都要彈到你們認可為止。

賴瑞徹底被激怒。他升起打人的衝動，憎惡對方，但很快又冷靜下來，他覺察到幽魂聽眾正用期待的目光等著他的下一首曲目。

也是的，這種互相糾纏，就像小孩子吵架的程度。

現在多虧他們，他清醒了。

他突然明白一件事，認不認可是自己的事，從不關乎他人。

不過，那些宗教魂士確實該被惱怒的。起因除了不懂變通的道理之外，還有那無法對人有愛的言語，不能設身處地為他人著想的腦筋。同樣死後為魂，又何必如此咄咄逼人呢？還是他們早已忘卻生而為人本該有的慈悲，失去了俯視疾苦的能力？他們不是宗教魂士嗎？生命的本質人人平等，為什麼他們根本不屑施捨那麼點同情心去在乎另一個生命呢？難道他們僅僅只是依附宗教的沽名釣譽之輩？

他繼續彈奏。

看看這些酒吧的幽魂們現在多麼開心，多麼享受。

他是一名電競選手呀，現在無疑是鋼琴師了！

欸？有區別嗎？

他的電競之路還是多虧鋼琴的呢！

接著，他彈李斯特的〈帕格尼尼大練習曲第三首〉的〈鐘〉。他想再度尋回那種近似於點擊電腦鍵盤般的輕盈，如同遊戲中切換英雄組合技的複雜感。不管是從前，還是現在，他依然覺得這首曲非常不可思議，總能讓他回望不願面對的過去。他想起與卡西姆組隊的那一年，他們在國際大賽的舞臺上，五人手捧冠軍盾牌的輝煌時刻。自從卡西姆逝世後，他脫離了原本的戰隊，自己組建了另一支隊伍，但因自己的狀態逐漸下滑，與隊友默契不足，之後的比賽幾乎都落入淘汰賽，甚至有時候在海選賽時就直接敗選了。

除了隊友對他惡言相向，十年落選的敗績，足夠累積一批失望的支持者了，他們轟他趕緊退役，稱他為「鋼琴殘手」，時常在各大遊戲論壇中揶揄他的選手代號。不久，四面八方炮轟的言語似乎成了一種預言——他宣佈退役。他認為自己是個幼稚固執的人，容易衝動決定事情，也容易動手打人，那皆因他過於脆弱的內心造成的吧，從冠軍折羽墜落是多麼令他難堪的事。

成王敗寇，就是這麼說的吧。

可憐。他現在才明白，重返榮耀這麼一線之隔的事，只不過是自己一廂情願的想法。

成功傲慢，敗選氣餒；自信，自卑；生，死……全為自己，一個自我中心主義者。

他能承認自己就是嗎？

不願意。

可那是事實。

他繼續彈奏。

抬頭環視酒吧裡的幽魂，他們仍然享受跳著舞。霎時，他捕捉到那名與他打炮的中東女子也身在其中。她表情驚訝，彷彿從未想過這個男人的鋼琴技術這麼好。

多虧那雙修長靈巧的十根手指吧。

想想就覺得興奮，那彈琴的手指曾在她虛擬恍惚般神魂的陰道裡活動過呢……賴瑞對她輕輕微笑，不旁鶩，像風吹過。他的意識和心意全融入其中，如同鐘聲迴旋，自己就是臺自動發聲的鋼琴。他沉入了過往，想起曾經一度有過復出的抉擇。那天，無疑是他低迷日子裡最具希望的一日。他搭乘的地鐵往曼哈頓上城區開去，途中進來的街頭藝人彈唱著 Miley Cyrus 的〈Younger Now〉。

木吉他帶著她剛好合格的歌聲零零落落，反覆的一句歌詞不停在他的腦子和車廂內迴蕩——what goes up, must come down。

從國際大賽奪冠時的巔峰到如今的退役生活，他無所事事的樣子，艾米的父母見到都想趕走他；生活質量不斷下滑：熱血冷卻，煩躁找上了他；積灰的留漬瓶蓋、油垢的枕頭套、墻上錘出的孔洞、翻覆的舊煙灰缸、秋日在床邊停留的半截陰影，無不剝奪著他對電競之路的幻想。他過於害怕，再也無法承受一次失利。

但低谷之上必有聳入雲間的高峰，他曾經站在那尖端頭上，不可能永遠活在低谷之處汲水。

是的，沒有永遠。

所以，該賭一把嗎？

地鐵進站，踏出月臺時，他有了結論。

他決心復出，入雲登頂。

趕在馬尼拉 Major 大賽，他真的復出了。憑著一支倉促組建，彼此默契還未達標的隊伍，想當然那場復出賽無疑是落選泡湯的。不過，之後的一個月，德國漢堡 Major 大賽的預選賽也即將開始，他必須與剛建立聯繫的隊友趕在那之前練習，培養好默契與研究陣容搭配，以便獲得更多積分，爭取進入國際大賽的名額。

於是，復出賽泡湯的那晚，他與隊友在馬尼拉梨剎公園附近街頭的一家酒吧商談練習日程的編排及更改。結束後，他們從酒吧準備走往俱樂部安排的酒店途中，一輛卡車行駛飛快，撞上了交通燈柱子，懸掛的交通燈在重力加速度的強烈震蕩效果中鬆脫，飛了出去，在地球隱形的引力作用下自由落體，重重砸中走在斜對街準備回酒店的他頭上。酒店與酒吧之間的路程相隔不過十分鐘。吸進的氧氣還沒來得及呼出去，他的頭顱幾乎完全被飛來的交通燈削去，腦漿噴得一地。

他的每根指尖精準飛快地錯落在琴鍵上，形成短促的一段變奏，清脆鳴響的鐘聲，落下。幽魂隨即就被他帶入〈蕭邦練習曲作品二十五第十一號〉這首樂曲的主題。曾幾何時他認為要完美演奏這首曲，鋼琴師多少得經歷一段令他悲憤的過去，如今他正準備踏入其中。

時機如此恰好，不早不遲，一招斃命，沒法急救，倏然結束了二十八年的生命。他怎能容許自己像驚悚電影式，猝不及防又醜陋荒謬的死法？他還年輕著呢。

要怨恨嗎？

何必呢。

但他心疼自己這段飛逝的人生。那些持續或尚未完成的事宜，是否就該從此擱置：每個雲層厚積的雪夜，每場電影之後送艾米回家，於曼哈頓第二十三街公寓區的第十八根燈柱下輕撫她易凍傷的臉頰，吻別她；指甲變長，交給艾米打理；比賽時反敗為勝的熱血；以常勝回應失望的支持者們；冠軍盾牌帶到父母面前炫耀；十七歲時的突發奇想，穿越撒哈拉和阿爾卑斯山下的冰洞；清理「泰坦」（他養的灰色緬因貓）在樓梯角落遺留的便便；吃下夏日推出的和風牛肉洋蔥漢堡新品；安慰那群親眼目睹他死狀，蒙上陰影的夥伴……

與卡西姆同樣，他的意識也在那時瞬間粉碎。

他承認死亡可怖，令人生畏。

他望眼酒館街，只有在那裡，只有在這裡，聽聞一切死亡經歷皆是切身所體會，發生的當下，命運既定。

過去，他不在乎任何事。為了生地之時的記憶，他不得不留在互助會上傾訴及聆聽。而多次聽聞中，那些有過最多次的念想，即是那些幽魂忍痛自我了結的人生。

破碎的靈魂總能（並非特意）蹲在街角抱頭痛哭。生活遭受「寒冷」與「凋零」摧殘。在無人所知，無人所視（視而不見）的苦難夾縫中求存。假如苦難的夾縫是一處冬日回暖的街道，行人手握的一份報紙，一束鮮花，或一杯熱咖啡，事物樣樣皆迎著美好早晨的到來。誰人在那一刻為他們遞上一杯熱茶，或一句感恩的話語，那結局終將徹底不同。

然而，美好事物有時不僅來得太遲，甚至在缺席之時還將帶來纏身的厄運，獨自漸行漸遠，迷失於虛無的大漠中，在牛角尖處選擇了最糟糕的道路。那時，就算枯樹新發了苞芽、公園鳥兒的鳴囀、打照在身上的陽光，都深深刺痛了他們疲於奔命，努力生活的敏感神經。他們再也無法負荷過多的磨難，絕望拉扯的弦讓他們整日驚聲尖叫不已，每時每刻不斷地仰天探問——生命到底因何而來？難道自己從不值得被天所垂憫？

無人應答。

從此失去信仰，以性命相賭，將曾經一切所得託付給死亡（有人藉此重找新生）。懸崖、樓頂、橋上、房間、雪地、水中、戰場樹叢、動物口中，任一墓床皆在自由的意志下選定。也許他們曾在當下閃現一絲對於死後世界的臆想，期盼如果能再有下次，那會是他們所期望的日子。

賴瑞的意識前所未有地劇烈疼痛，就像他正在彈奏的樂曲，摧枯拉朽般地舞動落下的枯葉，誓要揉碎他一切為止。

儘管那是意識的錯覺，但直面死亡的衝擊仍然令他感到疼痛，足以引起一個個體意識產生種種不安。

他開始理解，酒精們不停打炮的因由。

那顆處在意識深處的求生種子，以不安為養分而漸漸萌芽，驅使他們以過往的習性尋求依存，誤會交歡是種神識交會，以為那是種溫存諒解撫慰彼此的方式。可惜的是，他們沒有暖乎的肉體，有的只是痛苦意識的相伴。交會之時，透過氣息宣說欲求不滿，就像那名向他討要手臂才得以滿足（事實上仍不滿足）的中東女子。

可嘆啊，那不是愛的終極表現，對此還毫無自覺。

賴瑞在恍惚中忍痛彈奏完練習曲。

又是一陣掌聲如雷。

他覺得好累，他看向聽眾，掌聲勉強撐起他僵硬的笑容。喬伊絲在熱烈的掌聲中鼓起勇氣走向他。他無暇顧及，仍然覺得好累好痛。他的音樂停下後，外頭的風沙聲更顯劇烈。他懷疑這家老舊的酒吧屋頂是不是已經被風沙吹得越來越薄，等到一定程度時就要被掀翻了。

好累，他想說，才彈了三首曲而已。

然後，用力抬頭望向酒吧天花板。

一眾幽魂也不由自主地跟著他抬頭仰望，他們也感受到某股力量正在來襲，漸感不安。接著，大驚失色。

哇！屋頂越來越薄！

不對，是沙化了。

天花板露出一灘怪異的夢幻光芒，像注入流水般漫延，逐步吞噬起整家酒吧。外頭的月亮、路燈、遠處的酒館和街道被風沙相互撕裂。此刻，一切開始如程式崩潰，刪除、消失，一發不可收拾。街道捲入星雲般燦爛的浮光當中，酒吧的天花板率先消失，如雨般掉落大量的金色細沙穿透過他們。淋過沙子的幽魂進入負面情緒，驚慌，準備倉惶逃命，在狹小的空間四處躲竄。他們打開酒吧的門鼠竄出去，瞬間被撕碎吞沒，跟隨街道一併作沙子。

前車之鑑下，他們在驚聲尖叫中得出一個結論——我們又得死了！

酒吧湧起哀泣。

喬伊絲緊抓賴瑞的手臂。他也回應了她，伸出手去，像飛了一天一夜的山雀，最終停在了喬伊絲的手上。他把她拉到他的琴椅上，摟著她窄小的肩膀，認真地望著她，然後像任何一部浪漫愛情喜劇的結局般親吻她，使她充滿驚喜。

他感謝喬伊絲落力替他尋找鋼琴，讓他發現自己與鋼琴的組合並不孤獨。不管是電競選手或鋼琴師，他都能擁有熱烈的掌聲與眾多觀眾。雖然原初到這家酒吧，只是為了表現十根手指的靈活度，打算讓不識抬舉的幽魂們驚奇一番後認可他，卻未曾料到這場鋼琴彈奏真成了演奏會般進行著。

現在，他將以一曲作結。

他提起力氣，彈德布西的〈貝加馬斯克〉組曲中的第三曲〈月光〉。

多年以前，他剛學會彈鋼琴時，沒曾料想過會以那種情境死亡。那時他總喜歡把自己關在幽暗的房間一邊哼著〈月光〉，一邊望著窗外的朗月仔細在腦海中發出各種透明清澈純真的構想，對未來即將成為像父母那樣的鋼琴演奏家身份懷著某種特殊的期待。

這份期待，他因電競而忘卻，似乎辜負了多年前守在窗邊的自己。

他開始懊悔，應該要對自己的父母親道歉，他們一直以來都最瞭解他的。他當初只是因為寂寞而衝動放棄了鋼琴，卻沒想到這場衝動的選擇竟帶來如此漫長的影響，使他長期深陷在電競世界之中。假如他還能繼續生活於生地長一些，或許退役那時，其實可以回頭成為鋼琴師的。

賴瑞至今仍難以相信這樣的安排，連他自己都不懂的心思竟被 Guru 看透。實在了不起，他替他尋回早已忘卻的心意。如今，那東西正深藏於他的意識中發光發熱，並弄上一層薄薄的膜呵護著它，以防他因迷惘而再度丟失。

可是，又有什麼用？已經來不及了！

他又得死第二次！

但這回他徹底沒有了意見。

他彈奏的〈月光〉像幽暗的橋墩底下有流螢飛過；飽滿的凍露轉瞬從葉緣上滑落到潺潺溪流，彷彿是深秋之夜的悄然降臨，琴聲成了明亮的指標。幽魂們因那靜寂輕快的琶音所感染，他們似乎仍不敢相信自己曾獲得過幸福，不相信這靈魂就是那絕美之風景，卻渴望吟唱愛的勝利和詠嘆生時的歡慶。

他仰望頭頂上遍佈四處的怪異光芒，然後閉眼靜待荒蕪的降臨。

宇宙的毀滅也不過如此吧。

毫無僥倖，無一例外能成為永恆。破碎的魂體在沙化的世界中飄散，他們無法替自身選擇，靈魂皆溶入〈月光〉中，像鳥兒般在這之中沉沉入夢。卡西姆、萊斯和遠處的宗教魂士們，那位安靜陪坐在他身旁的少女喬伊絲，隨著某種能量化成了沙子。賴瑞的魂體也逐步散落，如今他已是一具殘魂，雙手仍在消失到來前的琴鍵上來回往復。那一刻，他感到無比輕鬆，宛如剛從床上醒來。

作結的〈月光〉沒法趕在消散前完整彈奏，琴鍵與賴瑞的手指也一同湮滅在了斑斕的虛無。沒有掌聲，沒有安可，風沙聲停止後，寂靜的音聲從幽幽無垠的光芒中響遍，延伸四方，彷彿這條幽魂喧鬧的漫長店街，從來沒有一刻是真正意義地存在過。

賴瑞的〈月光〉響起時，倉庫酒館的三個小女孩趴在窗口關心沙化的情形。她們驚慌失措，口中嚷嚷大叫想要離開。Guru 剛從冥想中出關，他引領她們與他一同圍坐。

他說，別怕，我們將一起面對。

配合賴瑞傳來的琴聲，他發出七次不急不緩低沉的宇宙母音。

一切的應允之下，他吟詩給女孩們聽。

他挑選了一首平時教學授課用的重點詩句。

月光不再透進的紅磚墻下，這條正在被誰人抹去的酒館街道中，他如一名白人歌者牽起她們的手，一再反覆吟誦那首詩歌，四種聲音此起彼伏在燦爛與幽玄之間迴盪，彷彿有股執念拉扯，期望在魂體破碎前領悟出其中深意：

「唵！

在這座壇城中，有一座小蓮花屋，其中有一個小小的內在空間。確實，我們應該尋找和瞭解的是那個。

假如人們問我：在這座壇城中，有一座小蓮花屋，其中有一個小小的內在空間。我們應該尋找和瞭解的那個是什麼？

我應如實回答：

『這心中空間與宇宙空間無異，天空以及大地都在其中。火與風，太陽與月亮，閃電與星辰。凡世上所有及所無，皆容納其中。』

假如人們問我：在這座壇城中，容納著所有一切，所有眾生和所有願望，那當老去和毀滅降臨時，還會剩下什麼？

我應如是回答：

『身體衰老，它不衰老；身體消亡，它不消亡。

它才是真正的壇城，

所有願望蘊藏其中……』」[25]

最終，沙分解成灰。他們美麗的語言，突出的思想，及獨立的氣息熄滅於寂寞的虛空中，再無回聲。

唵。

六

他們原本剩下碎片殘體。在那聲愛的響動中，他們被組成一體。一體是我。

從前，他們是一顆種子，一顆沙子，一顆光子，或一顆星球。現在，他們是我的一個念頭，一個思想，一個剎那，和一個夢。

曾經生於肉體之中的他們，離開生地之後成為光和聲，他們形象模糊，保有習性紛紛擾擾，在我意識間浮動。我能夠聽見他們的苦痛之聲，由一個神經元穿過另一個神經元儲藏進我的意識之中。他們的記憶、願望、思想、恐懼與夢境迅速構成了單一的連接圖。由一條單向的通道湧向我，在我意識中遊走。我因與他們成為一體而覺得完善。

他們懷揣的每一縷心意相互傳導，無法脫離，使他們不得不面臨一個沒有謊言和隱瞞的境界。曾經深藏心底的惡事與好事都被彼此一覽無遺。他們仍舊像從前那般，在這未知而幽深孤獨的意識海洋中掀起新一輪的意識形態之爭，懷著無來由的怨憎挑起爭端，用實際與不實際的議題展開交鋒搏鬥，譴責彼此不是；同時也因美好而溺愛著彼此。

他們，真的瞭解自己嗎？

我為他們過激的情緒感到擔憂。

他們本應與我沒有隔閡，乃是共通的一體，卻不曾意識到我。直到他們微弱的那點氣息突然經過某個思想體。透過他，一口井般的深度，他們窺見了他曾冥想的內容。驚詫的那一刻，他們見到了世界的真相，從此便冰釋前嫌，不再疑惑。

我彷彿鬆了口氣。

25 出自《歌者奧義書》第八章。

他們意識到我時，那聲愛的響動依然深沉而輕淺，從我入睡以來便不曾間斷過。在那裡，他們得知響動誕生了他們，同時也發現了苦難有走向終結的可能。

然而有個疑問，我是否該回應那聲悠久的響動之聲？

假如回應了它，醒來的那一刹那，儘管盡除煩擾思想，也將勢必忘記他們每一個精彩的一生，也將遺忘那炫麗的琴音。

我承認，是我沒能忍住打斷了他。

透過那口井，他們直達了我的思想，同我一體的他們心情特別寧靜，好像久經翻飛的塵埃於風中沉澱，等候我做一個無關緊要的決定。

如今的我睡意已退，想再度入眠已是不可能的事。

我傾聽著從前從我思想中發出的這聲綿延不絕的音聲，它似乎過於長久，該是時候暫緩一下。

於是，「唵」，我回應了它。

並假意學起他們每日清晨之時，睜開眼，清醒過來。

後記

湮滅之後又為誕生

流經掌心的沙子，沙的壇城終將會繪築而起。

這本小說集按照我創作的時間線二〇一七到二〇二一年來排列。從最初篇與篇之間沒有任何聯繫，到二〇一八年的一個巧合，突然迷上了印度神話與佛學思想，隨即尋獲「梵天一夢」這個能與這本小說匹配的概念。每篇作品相等於一個夢，夢中的他們有自己的夢想和心願，更重要的是人性中靈光一閃的醒覺，對於執念的破除，是他們唯一能存活下去的希望。

有了這些夢，我將它們前後劃分成前三篇的「孤獨」，和後三篇的「思變」，最後是兩個主題合作的總集篇。小說的共同背景幾乎都在馬來西亞，唯有總集篇的〈沙壇城〉嘗試以奇幻的背景來進行創作而已。

〈雨樹之下〉作為第一篇作品，一開始確實抱著一種初試水溫的態度進行創作。故事的種子源於「仇恨的繼承與轉移」（或者更直接一點叫「霸凌」），用過去遭遇霸凌經歷的俯視視角獲取到一點對於人的看法，再結合好友阿嬤所提供的故事：兩個村子都不肯接收的一具女屍，從而導致女屍放在村外腐爛七天這麼一個意象來為這篇故事催芽後寫成的小說。

〈第二片屋瓦〉的背景設定在馬來西亞的太平。太平是座很慢的城鎮，唯有雨下得最快。有時夜裡來得急速，能聽見瀑布垂直落在屋頂上的大雨。有個早晨，我瞥見一本旅遊雜誌上寫著一小段關於這座小鎮上失落已久的賭雨介紹，我確信這就是我要的那種故事，即有陌生感，又有小說感。在途經大千茶室和 Siang Malam 時，老人來來往往中，我仿佛見到了他們之中有一個註定成為這篇故事的主角。在「他」進入這座落雨的城鎮後，就再也無法逃離出去，被「雨」和「賭」的環境圍困而形成一種執念，最終落難的是無辜的女兒。

許多朋友在看過《沙壇城》的文稿後，對〈Chelsea Blue〉這篇小說有著很深的印象。但如果要在這七篇短篇中選擇一篇影響我最深的小說，或者說，回歸到原初的寫作狀態，我會毫不猶豫選擇第三篇的〈到遠方〉。沒有〈到遠方〉就不會有後續的小說出現，它掌握著我對未來一切創作的可能性，所幸它讓我重拾寫作自信。這篇小說也是一次最貼近寫作治療意義的創作，取自生命給予的素材，用擅長的說話語言，熟悉的生活印記，以及遙遠記憶的一次梳理才完成的故事。

如果說〈到遠方〉是好的開端，那麼〈Chelsea Blue〉就是試驗田中成功的第一步。我的創作習慣屬於是閉關類型的，不能有一絲打擾，只能在安靜的房內進行創作，這樣的方式有利於我把集中的專注力削成尖銳的勁頭，直至刺穿某個固體後才能罷休。因此有時候順利的話，三天就能把初稿寫出來。這對身為一名創作者來說，也許不是一件壞事。可是，創作者不是他們的造物主，無法完全掌控作品和人物，會越寫越活，有時候會失控到不如預期，或者超越預期。如果超越預期，當然是好事。不如預期，就會產生焦慮與自我懷疑。寫完〈到遠方〉後，我知道我已經突破了焦慮與自我懷疑的惡性循環。我開始走出戶外，那裡有美味的炒麵，有伯勞鳥的叫聲，還有冬天清冷的風，喜歡上了早晨七點的陽光，和那個坐在全家給晨光拍照的自己，季節性的抑鬱也隨之煙消雲散。吃完早餐後的每一天，繞過擷雲莊走過教師宿舍到行政大樓的湖邊。小說遇上的瓶頸也在途中解開了，我望著一片藍色無雲的天空，宛如畫布，不如下一篇小說就叫〈Chelsea Blue〉吧。用一次隨興的打開方式去寫一個故事，寫到哪就到哪好了。完成〈Chelsea Blue〉的那天，我整夜沒睡，像往常的早晨從東湖走回宿舍，趕巧遇見去上課的佩好，她見到我，問我：「你怎麼一臉疲態，像在醫院樓下曬太陽的伯伯。」我釋懷地笑了，並對她說：「我剛完成一篇新作，出來看一下太陽。」

〈老奧爾洛夫〉，它源於我在臉書上看見一段馬兒在柏油路上奔跑的短片，以那匹馬的視角，將牠寫進我的小說裡。

〈一顆完美的蛋到底要煮多久〉，最初的概念，來自於我在宿舍煮蛋時意外帶給我的靈感。關於一顆完美的蛋到底要煮多久，從一開始我們就需要先從「完美」開始下手，怎樣才算「完美」。從唯心嗎？還是以唯物的方式下定義？從蛋液的凝結？怎樣的流體？蛋的大小，煮的溫度和時間所造成不同的熟度，然後再給它貼上各種標籤：「溫泉蛋」、「溏心蛋」，又或者「全熟蛋」，如同一個人的成長有各種不同的階段與經歷一樣。於是，我大膽嘗試以食物和懷孕做結合來寫這篇小說。當時想著，作為〈沙壇城〉的前一篇，適合加入小部分的印度教元素，同時也能與前三篇的死亡主題做一個對比與呼應。

〈沙壇城〉，會以死後的虛構世界做整個故事的背景，其實是有一個漫長的醞釀過程。當初申請東華大學的華文創作所時，申請文件中需要有部分作品的試寫。當時，我寫了一篇關於一張桌子即為天堂的短篇小說，死後失去部分記憶的靈魂到了天堂後，需要伏案記錄他們生前的事蹟。後來，我將這個概念擴寫進〈沙壇城〉中，並且借鑒了各種印度教與佛教元素，比如《奧義書》、唯識學等，以一名丟失記憶的電競選手的視角去觀看那個世界與生活在那裡的靈魂。而故事中的「賴瑞」和「卡西姆」也有各自的原型，參照 DotA 2 的兩名電競選手 Dendi 和 SuMaiL。Dendi 是早期出了名的「鋼琴手」，SuMaiL 則是十五歲時在國際大賽成為了最年輕的世界冠軍之一，被譽為當時的天才少年。

在寫這篇小說時，世界正被新冠病毒肆虐，許多生命的逝去與言論上的惡言相向，讓我深刻感受到佛教所說的「成、住、壞、空」中，我們正走向「壞」的可能性，尤其寫到酒館街道湮滅之時特別有感。為了避免把死亡寫得太過沉重，我嘗試用詼諧及黑色幽默的方式去表達這個主題。小說中的「觀察者」與「梵天」同質，「觀察者」在覺醒前一直處於夢中旁觀著祂創造的那個死後世界。死後的世界，就像佛教所說的「淨土」。然而，在這個故事中，它並不能算是真正意義上的淨土，真正的淨土是在觀察者覺醒前的一瞬，即是他們的思想與梵合一前平靜消停的一刻，才是他們真正在過去漫長的迷途中，尋獲屬於自己的永恆綠洲。

與其說把書名取作《沙壇城》，不如說早在寫總集篇時就已經想好以此作為書名了。「沙壇城」這一概念源自藏傳佛教在行使法事前，用彩色沙子築起小小的壇城。儀式結束後，又將被一掃而空，化為烏有，即是警醒世人世事無常，無須留念。而「沙壇城」這一座壇城包含所有真實或意念中之物：人的軀體（鬼魅的魂體），一座城市，一個念頭，一個幻景，涵蓋此前所有的短篇小說，其中的每個人物、願望，與他們的夢想，最終被我刻意安排於這本書的最後一篇，在這普通平凡的書名之下付之以「毀滅」。發生湮滅時，即是梵天的覺醒……若干年後，梵天的再度入睡，又將開啟新一輪的夢境，一如上一個循環的起始，生命再度活躍，就像我為這本書所取的英文名那樣，*A Place Where Life Begins*。

這本短篇小說集得以完善，要感謝一直以來提供故事給我的朋友，還有一路陪伴鼓勵我的同學，更要感激明益老師給我的各方面點評和建議。同時，也要感謝時報出版公司的胡金倫總編給出一次在時報出版的機會，也感謝我的責編何秉修先生，以及過程中負責將這本小說完成出版的大家。

作者簡介

林俊龍

一九九三年生的INFJ，馬來西亞檳城人，畢業於中國文化大學中國文學系文學組、國立東華大學華文系碩士班創作組。小說作品曾獲奇萊文學獎、西子灣（全國大專院校）文學獎，及花蹤文學獎。花蹤文學獎得獎作品〈Chelsea Blue〉同時也被翻譯為馬來文，與其他六名馬華作家一同選入《Tasik Itu Bagai Cermin: Antologi Cerpen Sastera Mahua》（《馬華小說選：湖面如鏡》）。

AK00443

沙壇城

作　者—林俊龍
「浮羅人文」書系主編—高嘉謙
主　編—何秉修
校　對—Vincent Tsai
企　劃—林欣梅
封面設計—賴柏燁

總編輯—胡金倫
董事長—趙政岷
出版者—時報文化出版企業股份有限公司
一〇八〇一九台北市和平西路三段二四〇號七樓
發行專線—（〇二）二三〇六六八四二
讀者服務專線—〇八〇〇二三一七〇五
（〇二）二三〇四七一〇三
讀者服務傳真—（〇二）二三〇四六八五八
郵撥—一九三四四七二四時報文化出版公司
信箱—一〇八九九臺北華江橋郵局第九九信箱
時報悅讀網—http://www.readingtimes.com.tw
時報文化臉書—https://www.facebook.com/readingtimes.fans
法律顧問—理律法律事務所　陳長文律師、李念祖律師
印　刷—紘億印刷有限公司
初版一刷—二〇二五年三月二十八日
初版二刷—二〇二五年五月十五日
定　價—新台幣三六〇元

時報文化出版公司成立於一九七五年，
並於一九九九年股票上櫃公開發行，二〇〇八年脫離中時集團非屬旺中，
以「尊重智慧與創意的文化事業」為信念。

沙壇城 / 林俊龍著 ; -- 初版 . -- 臺北市 : 時報文化出版企業股份有限公司 , 2025.03
面；　公分
ISBN 978-626-419-264-4(平裝)

857.63　　114001483

ISBN 978-626-419-264-4
Printed in Taiwan